Günter Krieger

Das Haupt der Anna

Historischer Roman

BRUNNEN
Verlag Giessen · Basel

FSC
Mix
Produktgruppe aus vorbildlich bewirtschafteten Wäldern und anderen kontrollierten Herkünften
Zert.-Nr. SGS-COC-1940
www.fsc.org
© 1996 Forest Stewardship Council

www.brunnen-verlag.de
Lektorat: Eva-Maria Busch
Umschlagmotive: Direktmedia;
Künstler: Antonio Canaletto, Sandro Botticelli
Umschlaggestaltung: Ralf Simon
Satz: Die Feder GmbH, Wetzlar
Druck: GGP Media GmbH, Pößneck
ISBN 978-3-7655-1719-8

»Das Haupt der heiligen Frau
wird im Schlund des Löwen verschwinden ...«

Kein Zitat aus der Apokalypse, vielmehr eine nächtliche Vision
des Johannes Fust, Dechant zu Sankt Stephan in Mainz

Prolog

Vatikan, März 1506

»Ich kann nicht glauben, was du da sagst, Bramante. Ich soll die Kapelle abreißen lassen?«

»Ihr habt mich nach meiner Meinung gefragt, Eure Heiligkeit. Die Kapelle gleicht, mit Verlaub, einem Kuhstall. Es ist mir rätselhaft, welcher Teufel den Baumeister geritten hat, als er sie erschuf.«

»Signor de Dolci handelte im Auftrag meines Onkels, Papst Sixtus. Nach dessen Vorstellungen erschuf er diesen Bau. Willst du etwa andeuten, dass mein Onkel teuflischen Eingebungen folgte?«

Der Baumeister seufzte leise. »Natürlich nicht, Eure Heiligkeit!«

»Abreißen, abreißen!« Papst Julius schüttelte schnaufend den Kopf, und seine Stimme hallte laut von den Wänden der Kapelle wider. »Das ist alles, was euch Künstlern einfällt, wenn euch etwas nicht behagt. Der Bau der neuen Peterskirche wird Unsummen von Geld verschlingen. Habe ich dir bei deren Planung nicht großzügig sämtliche Freiheiten zugestanden?«

»Gewiss, aber ...«

»Offenbar hältst du mich jedoch für den Sultan. Soll ich bei den immensen Kosten, die auf den Heiligen Stuhl zukommen, auch noch den Bau einer neuen Hauskapelle in Angriff nehmen?«

Bramante holte tief Luft. »Nun, ich kenne Euch und Euren Kunstsinn gut genug, Eure Heiligkeit, um sagen zu können: Auch Euch gefällt diese Kapelle nicht!«

»Und doch muss es eine billigere Lösung geben als den Bau

einer neuen. Du bist der Baumeister: Schau dich um, und lass deiner hochgerühmten Fantasie freien Lauf.«

Fast widerwillig ließ Signor Bramante seinen Blick durch den Raum schweifen. »Es dürfte schwierig sein, aus diesem Schlauch allein durch Umbauten ein architektonisches Wunderwerk zu machen«, erklärte er nach einer Weile.

»Wer spricht denn hier von Wundern?« Der Papst stampfte verärgert auf. »Warum wollt ihr Künstler denn immer nur Genies sein? Offenbar fehlt es euch allen an Demut. Auch Christus hat nicht in einem Palast gehaust.«

Bramante senkte den Kopf. »Verzeiht mir, Eure Heiligkeit. Aber ich will Euch und unserem Herrn, dessen Statthalter auf Erden Ihr seid, nur mein Bestes geben.«

»Manchmal ist das Beste aber leider zu teuer für mich. Wenn Umbauten also nicht sinnvoll erscheinen, was dann?«

Bramante wiegte den Kopf hin und her, ohne die Skepsis in seinem Gesicht verbergen zu können. »Fresken!«, sagte er nachdrücklich. »An die Wände gehören noch mehr Fresken!« Sein Blick wanderte zum Deckengewölbe der Kapelle. »Auch da oben!« Mit einem ausgestreckten Arm drehte er sich langsam um die eigene Achse. »Stellt Euch eine gigantische Kreuzigungsgruppe über unseren Köpfen vor, Heiliger Vater. Oder unseren Herrn Jesus bei der Bergpredigt. Oder das Jüngste Gericht. Was auch immer. Es würde beim Betrachter ein völlig neues Raumgefühl erwecken.«

»Hmmh!« Der Papst stützte sein Kinn und folgte den deutenden Bewegungen des Baumeisters. »Das ist einzusehen. Die Schlichtheit des Raumes und der Architektur ausnutzen für gewaltige Malereien.«

»Und gewaltig müssen sie sein, sonst verpufft ihre Wirkung, und die Kapelle, verzeiht, bleibt so trist, wie sie es ist.«

»Wer könnte in der Lage sein, solch gewaltige Malereien zu schaffen? Du, mein Sohn?«

Der Baumeister lächelte schmal. »Es mag bessere Maler geben als mich selbst, Eure Heiligkeit. Außerdem werden mich die Arbeiten an Sankt Peter in den nächsten Jahren wohl zu sehr in Anspruch nehmen.«

»Welche Bescheidenheit! Aber du hast wohl recht. Deine ungeteilte Aufmerksamkeit muss der neuen Kathedrale gehören. Wen also würdest du für solcherlei Arbeiten vorschlagen?«

»Ohne Zweifel den jungen Raffael. Einer der begabtesten Künstler Italiens.«

»Was ist mit Michelangelo Buonarroti?«

»Buonarroti?« Bramante sah den Heiligen Vater ungläubig an. »Ein genialer Bildhauer. Aber Maler?«

»Er ist sogar ein vorzüglicher Maler, wie ich weiß.«

Bramante unterdrückte einen Seufzer. Es war kein Geheimnis, dass Julius ein großer Verehrer der Kunst des florentinischen Bildhauers war, und nichts auf der Welt würde ihn davon abhalten, ihn auch mit der Schaffung von Fresken in der Capella Sistina zu beauftragen, wenn er sich dies einmal in den Kopf gesetzt hatte.

»Aber ist Buonarroti nicht mit der Schaffung Eures Grabmals beschäftigt?«, versuchte der Baumeister den Papst dennoch umzustimmen.

Julius machte eine ungeduldige Handbewegung. »Mein Grabmal kann warten. Ich hoffe doch, dass mir mit Gottes Gnade durchaus noch ein paar Jahre auf dieser irdischen Welt vergönnt sein werden.«

»Gewiss, Eure Heiligkeit!«

»Zu viele Dinge gibt es, die noch unerledigt sind. Und nicht jedem Papst ist – so wie mir – die Gnade in die Wiege gelegt, Gott auch als Kriegsmann dienen zu können. Was wird aus dem von Feinden umzingelten Kirchenstaat, wenn ich zu früh aus dieser Welt scheide? Nein, mein Grabmal muss noch warten.«

»Gewiss, Eure Heiligkeit!«

»Höre ich da etwa Ironie in deiner Stimme, Bramante?«

»Ironie? Aber mitnichten, Eure Heiligkeit!«

»Es mag bessere Priester geben als mich, Bramante, doch auch ich diene dem Herrn auf meine Weise, und sei es als Kriegsmann.«

Bramante versuchte, den Papst mit einer Geste zu beschwichtigen, doch Julius erstickte seinen Einwand mit einer geballten Faust, die vor des Baumeisters Nase tanzte.

»Der Heilige Geist wacht über das Kardinalskollegium bei der Wahl des Heiligen Vaters; Gott muss es gewollt haben, dass ich dieses Amt bekleide, vergiss das nicht!«

»Eure Heiligkeit, ich versichere Euch ...«

»Und nicht zuletzt: Gott muss es auch gewollt haben, dass ich ein bedeutender Mäzen der Kunst werde, um Ihm auf diese Weise Ehre zu erbieten; einen nicht geringen Teil deiner Berühmtheit verdankst du mir, Bramante!«

Laute Schritte, die sich den beiden von der Altarseite her näherten, ließen den Papst in seiner Rage innehalten.

»Was gibt es, Schreiber?«, fragte er unwirsch den rotgewandeten Mann, der vor ihnen stehen geblieben war und mit geneigtem Oberkörper auf die Sprechaufforderung gewartet hatte.

»Eure Heiligkeit, die Audienz!«

»Audienz? Welche Audienz?«

»Diese Geschichte aus dem deutschen Land! Eure Heiligkeit wissen schon ... Der Abgesandte der Stadt – wieder ist es dieser Priester – er wartet bereits seit zwei Stunden auf Eure Heiligkeit!«

Ein gequälter Gesichtsausdruck des Papstes machte deutlich, dass es ihm nun gedämmert hatte. Hilfe suchend schaute er seinen Baumeister an, den er eben noch gescholten hatte.

»Du ahnst ja nicht, um was ich mich alles kümmern muss,

Bramante. Vor einigen Jahren hat man in einer Mainzer Kirche eine Reliquie entwendet und sie in eine andere Stadt gebracht.« Er wandte sich an den Diener. »Sag, Lorenzo: Wie war doch gleich der Name dieser Stadt?«

»Düren, Eure Heiligkeit!«

»Jedenfalls streiten sich Mainz und Düren nun schon seit fünf Jahren, wem diese Reliquie zusteht.«

Bramante lächelte. »Um welche Reliquie handelt es sich?«

»Um, äh ...«, Julius sah seinen Schreiber fragend an.

»Ein Stück Knochen vom Haupt der heiligen Anna«, half ihm dieser.

»Ach ja, richtig. Ein winziges Stück Knochen, kaum größer als ein Golddukaten, doch von ungleich größerem Wert. Schon mein Vorgänger, dieser Borgia« – bei diesem Namen legte er alle Verachtung, zu der er fähig war, in seine Stimme –, »war gezwungen, sich mit dieser unseligen Sache zu befassen, und drohte den Dürenern mit dem Bann.«

»Verzeiht meine Neugier, Eure Heiligkeit, aber warum gibt man den Mainzern die gestohlene Reliquie nicht einfach zurück und tut so der Gerechtigkeit Genüge?«

Julius seufzte schwer. »Als ob das so einfach wäre ... Doch daran sieht man, dass du kein Politiker bist, Bramante. Bischöfe, Herzöge, ja sogar der deutsche König sind inzwischen mit dieser Sache befasst. Der Habsburger Maximilian steht auf Seiten der Dürener; bedenke die Folgen, die entstehen könnten, wenn ich die Reliquie den Mainzern zurückgäbe. Und unterschätze nicht den religiösen Aspekt: Die Reliquie hat aus der Stadt einen viel besuchten Pilgerort gemacht, selbst die Großen des Reiches suchen ihn auf. Es wird von zahlreichen Wundern berichtet, die das Annahaupt bewirkt haben soll. Zu viele Interessen stehen hier auf dem Spiel.«

»Eure Heiligkeit werden schon, erleuchtet vom Heiligen Geist, die richtige Entscheidung treffen.«

Julius blinzelte ihn an. »Machst du dich jetzt schon wieder über mich lustig?«

Bramante breitete entrüstet seine Arme aus. »Ich weiß nicht, warum Ihr ständig diesen Verdacht gegen mich hegt, Heiliger Vater. Ihr tut Eurem Baumeister Unrecht.«

»Hmmh!« Der Papst grübelte einen Augenblick lang vor sich hin und reichte ihm dann seinen Ring zum Kuss.

»Wie auch immer«, knurrte er, während Bramante auf ein Knie sank und nach seiner Hand griff. »Jedenfalls ist es an der Zeit, diese leidige deutsche Angelegenheit endlich zu einem Ende zu bringen, damit ich meine Kraft den wichtigen Dingen dieser Welt zuwenden kann.« Er machte kehrt und folgte seinem Diener aus der Kapelle. Auf halbem Weg drehte er sich noch einmal um.

»Ach, Bramante ...«

»Heiliger Vater?«

»Danke für deinen Ratschlag mit den Fresken. Ich werde ihn beherzigen!« Er schickte sich an weiterzugehen, hielt jedoch ein weiteres Mal inne. »Und noch etwas, Bramante: Ich werde Buonarroti diesen Auftrag erteilen. Und nicht Raffael!«

Mit wehendem Ornat verließ Papst Julius II. die Capella Sistina.

Düren, zwei Wochen später

»He, Ludger! Sieh mal! Da hinten!«

»Hmmh?« Der Angesprochene schreckte aus dem Halbschlaf. Es dauerte einen Augenblick, bis er begriff, wo er sich befand: im Torhaus der Kölnpforte. Wieder einmal war er zum Wachdienst eingeteilt worden, gemeinsam mit seinem Kameraden Wilbert. Und wie immer war er kurz nach Einbruch der Dunkelheit eingenickt. Sosehr er sich dagegen wehrte, es passierte ihm immer wieder. Zum Glück war Wilbert ein nachsichtiger Kollege.

Ludger erhob sich von den kühlen Steinen; fröstelnd rieb er seine Arme. »Was ist denn?«

Wilbert spähte aus einem der Fenster. »Eine Kutsche!«

»Was? Jetzt noch?« Ludger folgte seinem Blick. »Was will denn der um diese Zeit?«

»Woher soll ich das wissen?« Mechanisch tastete Wilbert nach seinem Schwertgehänge. »Kann der sich kein anderes Tor suchen und uns in Ruhe lassen?«

Immer war es mit endlosen Debatten verbunden, wenn nach Toresschluss noch irgendwelche Leute – zumeist Händler – in die Stadt wollten. Seit der Geschichte mit der Reliquie hatten die Wächter strenge Anweisung, auch von gut gemeinten Ausnahmen abzusehen, befürchtete man doch, spitzfindige Mainzer könnten sich mittels einer trojanischen List ihr vermeintliches Eigentum gewaltsam zurückerobern. Meistens lief es darauf hinaus, dass zur späten Stunde noch Personen des Magistrats aufgesucht werden mussten, um die Angelegenheit zu klären. Und natürlich waren die hohen Herren von einer solch späten Störung ihrer wohlverdienten Ruhe nie sonderlich erbaut.

»Scheint es ziemlich eilig zu haben«, bemerkte Wilbert.

Das Hufgetrampel wurde lauter. Endlich kamen die schnaubenden Pferde auf der hölzernen Brücke des Wassergrabens zu stehen.

»Öffnet das Tor!«, rief eine schrille Stimme, die dem Kutscher gehörte.

»Nun mal langsam, alter Knabe«, erwiderte ihm Ludger von oben herab. »Wer bist du überhaupt, und was willst du hier zu dieser Stunde?«

»Aus Rom kommen wir, ihr Hornochsen, und ich bringe den Herrn Pastor Hildebrand. Also öffnet schon das Tor!«

»Den Pastor?« Wilbert blinzelte skeptisch. »Den erwarten wir frühestens in einer Woche.«

»Jesus und Maria, ich bin's aber!« Aus einem der Seitenfenster lugte ein Kopf. »Macht auf, im Namen aller Heiligen, ich will hier nicht erfrieren.«

»Er ist's tatsächlich«, raunte Wilbert seinem Kameraden zu. »Los, mach ihnen auf!«

»Aber müssen wir nicht zuerst ...«

»Idiot! Das ist der Pastor. Der war in Rom, beim Papst persönlich. Lass ihn rein, sonst kriegen wir Ärger!«

Wenige Augenblicke später rumpelte die Kutsche durch das Torhaus und verschwand im Dunkel der Gassen.

»Ob er endlich Erfolg hatte?«, fragte sich Wilbert.

»Erfolg? Was meinst du?«

»Bist du wirklich so dämlich, oder tust du nur so? Es geht um das Annahaupt!«

»Aha?«

»Sapperlot, ob wir es behalten dürfen oder den Mainzern zurückgeben müssen. Was glaubst du, weshalb Hildebrand in Rom gewesen ist?«

»Ach so! Und das alles nur wegen eines Stück Knochens?«

Wilbert rollte mit den Augäpfeln. »Leg dich noch was auf deine faule Haut, Ludger, ich mach das hier schon. Morgen werden auch wir wohl erfahren, wie der Heilige Vater entschieden hat ...«

Seit einer Stunde schon verharrte eine ungeduldige Menge auf dem Markt vor dem Rathaus. Der Morgen war trotz einer fahlen Sonnenscheibe, die durch trüben Dunst schimmerte, noch winterlich kalt. Alle Blicke waren auf das Portal des Rathauses gerichtet, zu dem eine steinerne Treppe emporführte. Von dort aus würde man der Menge den Beschluss des Papstes verkünden.

Der Verkünder aber ließ auf sich warten. Grund für diese Verzögerung war – wie bereits vermutet wurde – die nötige Übersetzung der päpstlichen Bulle. Damit die Bürger ihren Sinn überhaupt erfassen konnten, musste sie vom Lateinischen ins Deutsche übertragen werden.

Dennoch kursierten allerlei Gerüchte. Die einen behaupteten, der Papst habe die Stadt mit dem Kirchenbann belegt und der Rat der Stadt debattiere nun über Möglichkeiten, den Heiligen Vater in Rom wieder gnädig zu stimmen. Andere wiederum waren davon überzeugt, dass Julius zugunsten Dürens entschieden habe – wie sonst war Pastor Hildebrands glückseliges Lächeln zu erklären, welches ein paar alte Mütterchen während des Frühgebetes in der Martinskirche in seinem Gesicht gesehen zu haben glaubten?

Die Aufmerksamkeit der Leute richtete sich nun auf das Portal des Rathauses, aus dem einer der Ratsherren trat. Sein rotes pelzverbrämtes Gewand flatterte unter einem kalten Windstoß. In seiner Rechten hielt der Mann ein Pergament, das er mit einer Miene, die nichts offenbarte, zu entrollen begann. Innerhalb weniger Augenblicke wurde es totenstill auf dem Platz.

Der Beschluss des Papstes!

Allen war klar, dass dieser Beschluss für die Stadt und somit auch für jeden einzelnen Bürger weitreichende Folgen haben würde. Was geschähe wohl, wenn die Pilgerströme mit einem Male ausblieben? Was, wenn plötzlich alles wieder so wäre wie vor einem halben Jahrzehnt? Ewigkeiten schienen diese Zeiten zurückzuliegen.

Noch immer entrollte der Ratsherr mit unerträglicher Langsamkeit das Pergament. Endlich – niemand rührte sich mehr – begann er mit lauter Stimme zu sprechen.

Kapitel 1

Mainz, Oktober 1500

Der hünenhafte Mann, der die Badestube am Kirschgarten betrat, mochte kaum älter als dreißig Jahre sein, wenngleich die Narbe, die quer durch sein Gesicht lief, ihn um einiges älter machte. Er verharrte an der Türschwelle und ließ seinen kühlen Blick durch die Stube schweifen. Trotz seines grobschlächtigen Äußeren trug er eine vornehme Schecke aus blauer Seide, die vorn durch eine Silberspange zusammengehalten wurde. Der Faltenwurf des Gewandes ließ ihn wie eine Gestalt aus einer antiken Sage erscheinen, ein unerbittlicher Feldherr, der über ein Schlachtfeld schaut, in dem die Krieger durch Bäche voller Blut waten. Allerdings waren die Männer dort vor ihm weiß Gott keine mit dem Tode ringenden Kämpfer, sondern vergnügte Badegäste, die sich in ihren Holzzubern mit kichernden Weibsbildern amüsierten. Durch den schwülen Dunst, der die Stube erfüllte, waren drei solcher Pärchen auszumachen; offenbar hatten die meisten Mainzer Bürger heute Wichtigeres zu tun, als sich dem Vergnügen und der Entspannung hinzugeben.

Der Badewirt, ein kleiner, rundlicher Mann mit kahlem Schädel, kam dem Eintretenden mit eiligen Schritten entgegen.

»Sieh an, der gute Hans«, parlierte er mit einer hellen Stimme und rieb sich die fleischigen Hände. »Hat der Herr Dechant dir etwa freigegeben?«

»Was geht dich das an«, brummte der Begrüßte.

Der Badewirt ignorierte den Missmut des anderen. »Warst ja schon eine halbe Ewigkeit nicht mehr hier. Ich dachte schon, der Herr Dechant habe dir die Reinigung deines sündigen Leibes untersagt.« Er blinzelte vielsagend mit einem Auge.

»Ach, halt's Maul, du feister Zwerg. Tu lieber deine Pflicht.«

Der Badewirt musste sich weit nach oben recken, um seinem Gast den Mantel abzunehmen. »Was darf's denn sein heute? Ein heißes Bad mit der schönen Loretta?«

»Verschone mich mit ihr!«

»Oh, ich verstehe. Heute ist dir nach der rothaarigen Gunda.«

»Nichts verstehst du. Eine Abreibung will ich heute. Eine Abreibung, nicht mehr und nicht weniger!«

»Oh!« Der Dicke musterte den Besucher nachdenklich.

»Was glotzt du mich an? Habe ich mich immer noch nicht klar genug ausgedrückt? Es gibt auch noch andere Badestuben in Mainz.«

»Aber mein lieber Hans, so beruhige dich doch. Natürlich bekommst du deine Abreibung. Folge mir!«

Er führte ihn zu einer hölzernen Pritsche abseits der Bottiche und half ihm beim Entkleiden. Die Drohung des Hans, eine andere Stube aufzusuchen, ließ ihn nicht los.

»Das Geschäft läuft in letzter Zeit nicht gerade gut«, knurrte er halb zu sich selbst, halb zu seinem Gast. »Die Leute bleiben aus, weiß der Teufel, weshalb. Habe ich euch nicht immer jeden Wunsch erfüllt, und war er auch noch so ausgefallen?«

»Kein Wunder, dass die Leute dir was husten«, unterbrach Hans das Lamento des Badewirtes.

»Was willst du damit sagen?«

»Schau mal her!« Er deutete auf sein Geschlechtsteil, wo sich ein paar fingernagelgroße Geschwüre abzeichneten.

Der Badewirt blinzelte mit den Augen. »Was ist das? Die Franzosenkrankheit?«

»Woher soll ich das wissen? Jedenfalls verdanke ich diese Schweinerei deinen Mädchen!«

»Meinen Mädchen?« Einen Moment lang schien es so, als

würde der Dicke die Fassung verlieren. Dann aber holte er dreimal tief Luft und knirschte: »Ich will dir mal was sagen, Hans: Meine Mädchen sind sauber! Diese Geschwüre hast du dir sicherlich in einem der Hurenhäuser geholt, die du, wie ich wohl weiß, auch nicht gerade selten aufsuchst. Ich warne dich, lass meine Mädchen aus dem Spiel, und hüte dich davor, in der Stadt irgendwelche Gerüchte zu verbreiten. Sonst kann es sein, dass auch dem Dechanten Dinge über dich zu Ohren kommen, die er besser nicht wissen sollte.«

Die Drohung des Dicken rang Hans lediglich ein kaltes Lächeln ab. Er legte sich auf den Bauch und grunzte behaglich.

»Hör auf zu quatschen, Zwerg, und sorge endlich für mein Wohlergehen. Zuerst die Birkenruten!«

Der Badewirt schluckte und entschied, dass es seinem Geschäft einträglicher war, wenn er die Sache auf sich beruhen ließ. »Also, wen soll ich holen? Loretta? Gunda? Oder Magdalena?«

»Das ist mir gleich. Sag deinen Täubchen nur, sie sollen nichts weiter als ihre Arbeit tun und mich nicht erregen. Mein bestes Stück braucht jetzt Ruhe und Enthaltung, damit es wieder zu alter Pracht zurückfindet.«

Kurze Zeit später erschien eine schwarzhaarige Schönheit neben der Pritsche. Sie trug ein trägerloses weißes Hemd, das nur wenig verhüllte.

»Wen haben wir denn da?«, hauchte sie verführerisch. »Warst wohl lange Zeit auf Wanderschaft, he?«

»Hat der fette Zwerg dir gesagt, was du zu tun hast?«

»Oh ja, das hat er«, kam es seufzend zurück.

»Dann halt dein dummes Mundwerk, und fang mit der Behandlung an! Erst die Ruten. Aber nicht zu fest, hast du verstanden? Dann abreiben! Am Ende noch eine Massage.«

»Wie der hohe Herr es befehlen!«

Nunmehr schweigend, kam sie seinen Aufforderungen nach. Reglos ließ Hans sie gewähren und döste vor sich hin. Nebenan, in einem der Zuber, ging es dagegen hoch her. Das Kichern eines molligen rotwangigen Frauenzimmers ging in ein kreischendes Gegacker über, denn der Kerl, der neben ihr hockte, ein rundköpfiger Schwerenöter mit hängendem Schnurrbart und ebenso hängenden Wangen, kitzelte sie offenbar an Körperstellen, die unter dem Wasserspiegel lagen. Sie paddelte wild mit den Armen, große Wasserspritzer klatschten auf Hansens Rücken.

»He, ihr da! Passt gefälligst auf«, knurrte Hans übellaunig.

»Was denn, Bursche?« Der Schnauzbärtige zwinkerte seiner Gespielin verschwörerisch zu. »Wasser hat noch niemandem geschadet«, rief er zurück. »Auch dir nicht.«

»Eben!«, näselte das Weib.

»Aber dir wird es schaden, wenn du nicht aufpasst!«, maulte Hans.

»Lässt du dir das gefallen?«, fragte das Weibsbild den Schnauzbärtigen.

»Selbstverständlich nicht«, erwiderte dieser und straffte seine Schultern. »He, Grünschnabel! Ich an deiner Stelle würde vorsichtig sein mit dem, was du sagst. Sonst sind ein paar Wasserspritzer noch das geringste Übel, das dir widerfahren kann!«

Hans reckte seinen Kopf in die Höhe und fixierte den anderen mit einem eisigen Blick. »Das geringste Übel, das dir widerfahren kann, Schweinebacke, ist eine Faust in deinem dummen Gesicht, wenn du nicht endlich das Maul hältst!«

»So?« Die Kiefer des Schnauzbärtigen begannen zu malmen. Seine Begleitung bedachte ihn mit einem auffordernden Blick, der ihn daran hinderte, die Sache auf sich beruhen zu lassen. Wieder zwinkerte er ihr zu, schöpfte eine hohle Hand voll Wasser und schleuderte es in Hansens Richtung.

»Da, Großmaul! Bin schon ganz gespannt auf deine Faust!«

Mit unsäglicher Langsamkeit erhob sich Hans von der hölzernen Pritsche. Sein Gesicht war zu einer furchterregenden Maske erstarrt. Mit unwirscher Handbewegung stieß er die Badedirne, die ihm besänftigende Worte zuflüsterte, beiseite und schritt nackt, wie er war, auf den Bottich der beiden zu.

Der Schnauzbärtige erhob sich hastig, fand jedoch keinen Halt und rutschte platschend wieder in den Zuber. Schon stand Hans neben ihm, packte ihn beim Schopf und duckte ihn mit einer nahezu dämonischen Kraft in das Wasser. In seinem Gesicht regte sich kein Muskel. Das rotwangige Frauenzimmer rüttelte hysterisch an seinem Arm, was Hans jedoch überhaupt nicht zur Kenntnis zu nehmen schien, ebenso wenig wie die panikartig paddelnden Arme des Schnauzbärtigen. Nach ein paar Augenblicken zog er dessen Kopf wieder empor und ließ ihn Luft schöpfen. Dies aber nur drei Atemzüge lang, dann duckte Hans ihn wieder in das Wasser.

»Sein Herz, sein Herz«, kreischte das Weib. »Er hat doch ein schwaches Herz!«

»Dann sollte er in Zukunft erst recht die Klappe halten«, erwiderte Hans mit metallischer Stimme. Ein zweites Mal zog er den Kopf aus dem Wasser. Diesmal jedoch wartete man vergeblich auf sein schnappendes Atmen: Ein lebloser Körper saß da im dampfenden Nass.

Das Weib starrte fassungslos in die todesweiten Augen ihres Begleiters. »Er hat ihn umgebracht!«, schrie sie heiser.

Inzwischen war auch der Badewirt herbeigeeilt. »Was zum Teufel ist denn hier los?«

Sie deutete auf Hans, der den Kopf des Toten mit einem Ansatz ungläubiger Verwunderung betrachtete, ansonsten aber keine Gemütsregung zeigte. »Dieser Mistkerl! Er hat ihn umgebracht. Ersäuft wie einen jungen Hund!«

»Unsinn«, erwiderte Hans und hob gleichmütig seine Schultern. »Der Ärmste hatte einfach nur ein schwaches Herz!«

Kapitel 2

Die beiden jungen Verliebten wandelten durch ein goldenes Meer von welkem Laub. Blätter raschelten unter ihren Schritten, schwarze Vögel krächzten über ihren Köpfen in den kahl werdenden Ästen. Das Lachen der Verliebten schallte durch den herbstbunten Wald.

»Ich wünschte, dieser Tag würde niemals enden«, sagte Klara träumerisch und schmiegte ihren dunklen Lockenkopf an Leonhards Schulter.

»Dann«, lachte dieser, »würden wir niemals altern. Und der Lauf der Welt käme zum Stillstand.«

»Was uns vielleicht vor ihrem Untergang bewahren würde.«

»Untergang? Wieso?«

»Kennst du denn nicht die Stimmen, die das Jüngste Gericht prophezeien? Der Jahrhundertwechsel – es gibt nicht wenige, die für die Silvesternacht, wenn das fünfzehnhundertste Jahr endet, den Weltuntergang verkünden.«

»Unfug!« Leonhard verengte die Brauen. »Gottlose Schwachköpfe, die solcherlei Dinge verbreiten.«

»Wie kannst du dir da so sicher sein?«

»Niemand kennt den Tag, noch die Stunde. Wer sich dennoch rühmt, den Zeitpunkt des Weltuntergangs zu kennen, ist in meinen Augen gottlos. Und warum sollte der Herrgott für den Jüngsten Tag ein rundes Datum ausersehen?«

»Hm! Vielleicht, um den Menschen die Gelegenheit zur Buße und Umkehr zu geben.«

»Wenn dem wirklich so ist, wird er sich ein anderes Datum aussuchen. In fünfhundert Jahren vielleicht. Dieses Datum wäre ein wahrlich rundes.«

»Anno Domini 2000«, sinnierte Klara und streichelte den Arm des Geliebten. »Wie mag die Welt dann wohl aussehen?«

»Jedenfalls anders als heute«, erklärte Leonhard mit Bestimmtheit. »Die Welt beginnt sich nämlich dramatisch zu wandeln.«

Klara sah ihn neugierig an. »Wie meinst du das?«

»Hast du nicht von diesem Seefahrer gehört, der Indien erreicht hat?«

»Nein.«

»Wirklich nicht? Oh, sicherlich lauschst du lieber den düsteren Verkündungen irgendwelcher seltsamen Propheten«, neckte er sie.

»Ich weiß nicht, was daran so besonders ist, nach Indien zu segeln.«

»Törichtes Mädchen. Völlig neue Handelswege tun sich auf.«

»Davon verstehe ich nichts.«

»Dieser Seefahrer segelte nach Westen. Damit hat er endgültig bewiesen, dass die Erde eine Kugel ist.«

»Das glaubst du? Dass die Erde rund ist?«

»Wäre er sonst jemals in Indien angekommen?«

»Wieso fallen dann die Menschen, die auf dem unteren Teil der Kugel leben, nicht herab?«

Leonhard kratzte sein Kinn. »Na ja, das habe ich mich auch schon gefragt. Vielleicht tun sie's ja.«

»Neue Handelswege und Menschen, die von der Erde fallen!« Sie kniff ihn in den Arm und reckte sich zu ihm hoch, um ihn auf die Wange zu küssen. »Das ist also die sich wandelnde Welt, von der du sprichst.«

»He, machst du dich vielleicht über mich lustig?«

»Aber wie käme ich denn dazu?«

»Es sind ja nicht nur Handelswege und dergleichen. Denk doch nur mal an die Buchkunst.«

»Wie?«

»Ich spreche von diesem neuen Verfahren, das sich Buchdruck nennt.«

»Ja und?«

»Stell dir das doch mal vor: Jedes Buch kann beliebig oft hergestellt werden, ohne dass auch nur ein einziger Schreibermönch seine Feder zu bemühen braucht.«

»Aha!«

»Vielleicht besitzt eines Tages jede Familie ihre eigene Heilige Schrift.«

Klara seufzte glückselig. »Und du könntest am Heiligen Abend den Kindern daraus vorlesen. *Unseren* Kindern«, fügte sie hinzu, um jeglichem Missverständnis vorzubeugen.

»Selbstverständlich unseren Kindern«, lächelte Leonhard, »oder verdächtigst du mich etwa der Vielweiberei?«

»Nun, noch sind wir nicht verheiratet. Wann gedenkst du eigentlich, meinen Vater darauf anzusprechen?«

»Wir dürfen das nicht überstürzen, Klara. Dein Vater weiß noch nicht, dass wir uns lieben. Und zunächst einmal muss ich mir sein Vertrauen erwerben. Schließlich ist er ja nicht nur dein Vater, sondern auch mein Meister. Erst wenn ich mich als tüchtig erwiesen habe, kann ich daran denken, um deine Hand anzuhalten.«

»Dann enttäusche ihn nicht.«

»Wie könnte ich? Wenn mir dein Gesicht ständig vor Augen schwebt?«

Sie blieben stehen und umarmten sich.

»Die Wandlung der Welt, von der du sprichst – ich will sie mit dir erleben«, hauchte Klara.

»Es werden glorreiche Zeiten sein«, sagte Leonhard und küsste ihre Stirn.

»Aber manches bereitet mir Angst, Liebster.«

»Wovor fürchtest du dich?«

»Ach, wer weiß, was die Menschen sich noch ausdenken außer gedruckten Büchern und Schiffen, die in die weite Welt hinaussegeln? Bauen sie nicht immer größere Geschütze?«

»Vielleicht wird es einmal eine Zeit geben, in der es keine Kriege mehr gibt.«

Sie genoss seine Berührungen mit geschlossenen Augen und sog den herben Duft des Herbstwaldes in sich hinein. »Ich kann es mir nicht mehr vorstellen, ohne dich zu sein«, sagte Leonhard nach einer endlosen Weile. Er nahm ihren Kopf und beugte sich zu ihr herab. Seine Lippen pressten sich auf ihre, sie verschmolzen zu einer Einheit aus Begierde und Leidenschaft; wild begannen ihre tastenden Hände den Körper des anderen zu erkunden.

Ein Schwarm zeternder Krähen flog auf und ließ sie in ihrem Tun innehalten.

»Was war das?«, fragte Klara keuchend.

Leonhard spähte in sämtliche Richtungen. »Was weiß ich? Ein Tier vielleicht«, vermutete er.

»Nein, kein Tier. Jemand beobachtet uns!«

»Was?«

»Ich spüre es ganz deutlich.« Ihre Stimme war nur noch ein verängstigtes Flüstern. »Jemand steht im Dickicht und beobachtet uns.«

Leonhard lächelte und drückte ihre Hand. »Warum sollte jemand das tun? Es war sicher nur ein Tier.«

»Nein«, beharrte die Angebetete. »Glaub mir, ich kann meinem Gefühl vertrauen.«

»Nun, deine Gefühle weiß ich durchaus zu schätzen.« Vielsagend zwinkerte er ihr zu.

»Dann lass uns zurück nach Düren gehen. Bitte!«

Noch einmal schweifte Leonhards Blick umher. »Also schön«, meinte er schließlich seufzend, »dein Wunsch soll mir Befehl sein.«

Klara nahm ihn eiligst bei der Hand und zerrte ihn hinter sich her. Dann verschwanden sie, den Weg herab, den sie eben gekommen waren.

Kapitel 3

Gedankenverloren hockte der Baumeister auf einem Schemel und starrte auf das Pergament mit den Zeichnungen, das auf einem wackligen Tisch ausgebreitet lag, ohne es wirklich wahrzunehmen. Auch die dumpfen Hammerschläge, die seine Steinmetze draußen an der Fassade der Dürener Sankt-Martins-Kirche verursachten, hörte er nicht. Außer ihm war die Bauhütte leer und verlassen; es roch nach verschüttetem Bier und Männerschweiß. In einem Kohlebecken glimmten die letzten Reste einer Glut, die längst keine Wärme mehr spendete. Selbst der Kälte schenkte Matthias von Pera keine Beachtung. Seine Hände lagen reglos auf der Kante des Tisches, sein Oberkörper war leicht nach vorne gebeugt und sein starrer Blick in eine Welt gerichtet, die nichts mit der Gegenwart zu tun hatte. Draußen rollte unter lautem Gepolter ein Ochsenkarren mit herbeigeschafften Steinquadern über das Pflaster. Der Fuhrmann fluchte laut und derb, doch die Ohren des Baumeisters nahmen auch das nicht wahr.

Fast sechzehn Jahre waren vergangen seit jenem Tag, der alles verändert hatte. Sechzehn Jahre, in denen nichts mehr so gewesen war wie zuvor. Anfälle tiefster Schwermut holten Matthias von Pera seitdem mit unbestechlicher Regelmäßigkeit ein; am schlimmsten freilich war es dann, wenn sich der Todestag seiner geliebten Klara näherte. Und morgen war es wieder so weit. Dann würde seine Stimmung den Tiefpunkt erreichen. Erst in einer Woche würde er seine quälende Lethargie halbwegs überwunden haben. Die meiste Kraft erforderte in dieser Zeit seine Selbstbeherrschung. Er legte viel Wert darauf, dass Gesellen und Lehrlinge seinen Gemütszustand nicht bemerkten, wenngleich dies einem aussichtslosen Unterfangen glich. Nicht einmal ein schwaches Lächeln brachte er in dieser Zeit zustande, ganz so, als sei er von einem bösen Zauber befallen. Deshalb war sein Zustand auch kein Geheimnis: Jedermann wusste, was den Baumeister bedrückte; dennoch hütete man sich tunlichst davor, das Thema anzuschneiden. Matthias wollte mit seiner Trauer alleine sein. Immer wieder erschienen die Bilder jener Oktobernacht vor seinen Augen, als es draußen stürmte und der Regen gegen die Holzverschläge der Fenster peitschte.

»Ihr müsst ruhig und gleichmäßig atmen, Frau Klara«, hört er die Stimme der Hebamme, einer molligen alten Frau mit rundem Gesicht und einer großen Warze über der Oberlippe. Ihr Mund ist fast zahnlos, ihre Stimme dennoch klar und deutlich. Trotz ihres seltsamen Äußeren strahlt sie Würde und Erfahrung aus.

»Und jetzt – pressen!«

Klara gehorcht. Auf ihrer Stirn perlt der Schweiß, ihre Augen sind fest verschlossen.

»Gut so«, lobt die Alte. »Und noch mal – pressen!«

Matthias steht im Hintergrund und weiß nicht, was er tun soll. Wie kann er helfen? Nervös fuchtelt er mit seinen Fingern. Er ist versucht, zu seiner Frau zu gehen, ihre schweißnasse Stirn zu küssen, ihr die Hand zu drücken. Doch Klara und die alte Hebamme scheinen ihn nicht wahrzunehmen. Der Augenblick gilt einzig und allein dem Wunder der Geburt, dem Leben, das Klara und er geschaffen haben, dem Wesen, das bald das Licht der Welt erblicken wird. Dieses Licht der Welt wird erzeugt von ein paar flackernden Kerzen und einer kleinen Öllampe auf einer hölzernen Truhe neben dem Bett, in dem Klara wegen der Sünden Evas leidet.

»Erholt Euch einen Augenblick«, sagt die Hebamme und lächelt sanft. Für den Bruchteil einer Sekunde findet Klaras Blick den ihres machtlosen Gatten, ihre Augen künden von dem Schmerz, den sie erleidet, aber auch von maßlosem Glück. Wieder rollt eine Woge durch ihren Körper, aus ihrer Kehle will ein Schrei, doch tapfer unterdrückt sie ihn. Ihre Finger krallen sich in die Decke, auf der sie liegt.

»Denkt daran, was ich Euch gesagt habe, Frau Klara.« Die Hebamme beugt sich über die gespreizten Beine der Gebärenden. »Pressen!«, befiehlt sie erneut.

Sind es Stunden, die vergehen? Matthias weiß es nicht. Jegliches Gefühl für Zeit hat er verloren. Draußen wütet unverzagt der Sturm.

Klara keucht bald unentwegt. Auf ihrer Stirn kleben feuchte schwarze Haarsträhnen. Endlich – Ewigkeiten scheinen vergangen – ein entzückter Aufschrei der Hebamme.

»Der Kopf!«, verkündet sie. Matthias sieht, wie ihre geübten Hände in Klaras Schoß gleiten.

»Ruhig, ganz ruhig, Frau Klara. Nicht mehr lange und Ihr habt es geschafft!«

Ihren Worten zum Trotz vergehen weitere Ewigkeiten. Matthias klopft das Herz bis zum Hals. Auch auf seiner Stirn fließen Bäche von Wasser. Er kann es nicht glauben, als die Hebamme plötzlich einen kleinen, nassen Körper in die Höhe reckt. Das Wesen schreit, was das Zeug hält.

»Ihr seid der stolze Vater einer prächtigen Tochter, Herr Matthias«, erklärt die Hebamme, die den jungen Steinmetz erst jetzt wieder wahrzunehmen scheint.

Eine prächtige Tochter!

Matthias' klopfendes Herz macht einen Satz. Laut aufschreien vor Glück könnte er, die vergangenen Stunden des Wartens, der Ungewissheit – vorbei! Unbeholfen nähert er sich der Liegestatt seiner Frau.

»Klara, meine Klara«, sagt er mit zitternder Stimme und beugt sich über sie. Endlich kann er sie wieder küssen. Ihr Schweiß schmeckt süßlich, ihr Atem …

Matthias stutzt.

Ihr Atem!

»Was ist mit ihr?«, fragt er die Hebamme, blass geworden.

Die Hebamme, mit der Nabelschnur des schreienden Neugeborenen beschäftigt, schaut herüber. Auch ihr Gesicht ist gezeichnet von den Mühen der vergangenen Stunden. »Was soll mit ihr sein?«

»Seht doch! Wie sie atmet!«

Nur ein Wimpernschlag – dann hat die Hebamme begriffen. Ihr Gesicht ist so bleich geworden wie eine gekalkte Wand. Im Nu steht sie neben der jungen Mutter, tastet über ihren Bauch, fühlt ihren Puls, ruft sie beim Namen, doch Klaras halb geöffnete Augen scheinen in eine andere Welt zu schauen.

»Rasch, bringt mir meinen Beutel dort, Mann!«, ruft die Hebamme. Mit weichen Knien gehorcht Matthias.

»Seht zu, dass das Kleine nicht vom Tisch fällt!«, gibt sie weitere Anweisung.

Er beobachtet ihre hektischen Bemühungen, Klara einen Kräutersud einzuflößen. Die Decken auf ihrer Liegestatt beginnen, sich rot zu färben.

»Heilige Mutter Gottes! Klara, trinkt!«

Es kann nicht sein, flüstert eine beschwörende Stimme in Matthias' Kopf. Es darf nicht sein!

Er ist unfähig, sich zu bewegen. Wie in Trance steht er da, seine Hände klammern sich um die weichen Beinchen seiner Tochter. Alles scheint von einem eigenartigen Nebel umgeben, der wie ein Gespenst über der Szenerie liegt. Und ein grausamer Instinkt lässt ihn wissen: Klara stirbt! Der Schöpfer hat sie in Sein ewiges Reich befohlen; auch die verzweifelten Bemühungen der Hebamme werden daran nichts ändern können.

»Meister!«

Immer noch war Matthias' Blick auf den Bauplan gerichtet, ohne ihn wirklich zu sehen.

»He, Meister!«

Endlich löste er sich aus seinen quälenden Erinnerungen. Beinahe erschrocken schaute er hoch in das junge kantige Gesicht eines Steinmetzen.

»Hmmh?«

»Ich sollte Euch doch Bescheid geben, wenn das Gerüst unter den Arkaden aufgestellt ist.«

»Ach ja, richtig. Danke, Walter.«

Der Steinmetz nickte gefällig, machte aber keinerlei Anstalten, sich zu entfernen. Die Augen unter seinen buschigen Augenbrauen blieben beinahe verschlagen auf dem Meister haften.

»Ich komme gleich«, murmelte Matthias und machte eine schlappe Handbewegung, um den Gesellen zu entlassen. Es war ihm unangenehm, bei seinen Grübeleien ertappt worden zu sein.

Noch immer rührte sich Walter nicht vom Fleck. Seine gedrungene Statur wirkte beinahe wie eine unausgesprochene Drohung. Matthias begann, sich über die Hartnäckigkeit seines Gesellen zu ärgern.

»Ist noch was?«, fragte er scharf.

»Ja, Meister«, kam es leise zurück.

»So? Was denn?«

»Nun, ich ... Ich weiß gar nicht, wie ich beginnen soll ...«

»Bitte, mach's kurz«, seufzte Matthias, der vermutete, dass wieder mal irgendwelche Streitigkeiten zwischen Gesellen und Tagelöhnern zu schlichten waren.

»Es geht ... um Eure Tochter, Meister!«

Jegliche Lethargie im Wesen des Baumeisters war mit einem Male verschwunden. »Klara? Was ist mit ihr?«

»Sie ... äh ...«

»Was? Sprich, Kerl!«

»Nun, letzten Sonntag war ich im Wald, um Holz zu sammeln ...«

»Holz sammeln? Warum um alles in der Welt sammelst du Holz? Um die Beheizung der Bauhütte brauchst doch du dich nicht zu kümmern.«

»Ich weiß, ich weiß, aber ich, äh ... Ich sammelte das Holz ja auch nur für die alte Bertha, unsere Wäscherin. Die Ärmste leidet doch unter heftigem Rheumatismus. Manchmal kann sie kaum noch gehen, und da ich ein gutes Herz habe ...«

»Schon gut. Holz gesammelt hast du. Und?«

»Im Wald sah ich Eure Tochter, die, äh ...«

»Bist du ihr vielleicht nachgestiegen?«

Walter setzte ein empörtes Gesicht auf. »Ich? Aber, Meister, Ihr beleidigt mich. Niemals würde ich ...«

»Natürlich nicht. Du bist also der Klara im Wald begegnet. Weiter!«

»Nicht begegnet, Meister. Ich sah sie nur von Weitem.«

»Belauscht hast du sie!«

»Wie kommt Ihr denn darauf? Alles geschah eher zufällig. Und ich habe gesehen ...« Betreten senkte er den Kopf.

»In drei Teufels Namen, komm endlich zur Sache, Kerl. Du hast gesehen, wie sie was?«

»Sie hat sich mit einem Mann getroffen«, erwiderte Walter rasch.

Matthias versuchte, sich seine Bestürzung nicht anmerken zu lassen. »Ach ja?«

»Ja, Meister.«

»Warum erzählst du mir das? Es ist doch nichts Verwerfliches daran, wenn sich ein junges Mädchen – eine Frau fast schon – mit einem jungen Mann trifft.«

»Natürlich nicht, Meister. Aber ...«

»Ja?«

»Die beiden haben sich – ach, wie soll ich's sagen – nicht eben züchtig verhalten.«

Matthias' Mundwinkel umspielte ein gequältes Lächeln. »Haben sie sich geküsst?«

»Nicht nur«, erklärte Walter zögerlich.

»So? Und was haben sie außerdem gemacht?«

»Ich trau mich gar nicht, es zu erwähnen, Meister. Ach, ich schäme mich ...«

»Nur Mut, Junge.« Matthias' Lächeln war jetzt beinahe maliziös. »Was haben die beiden also gemacht?«

»Nun, ich sah, wie seine Hände sich an ihrem Rock zu schaffen machten, und dann ...«

»Genug!« Die Faust des Baumeisters krachte auf den Holztisch. »Genug! Wer war es?«

»Aber, Meister, ich kann doch nicht ...«

»Wer es war, habe ich gefragt!«

»Ich kann doch nicht einen meiner Kollegen bei Euch anschwärzen.«

Mit einer überraschend behänden Bewegung erhob sich Matthias von seinem Schemel und packte den anderen beim Kragen. »Dann hättest du eben den Mund halten sollen, Walter. Jetzt aber will ich wissen, wer es war!«

»Es war Leonhard«, beeilte sich Walter zu antworten.

»So so, Leonhard.« Langsam löste Matthias seinen Griff. »Du kannst jetzt gehen, Walter.«

Walter trat unbehaglich von einem Fuß auf den anderen. »Ihr müsst wissen, Meister, dass ich niemandem etwas Böses will. Aber ich schätze Euch und Eure Tochter zu sehr, als dass ich ihre Ehre von einem lüsternen ...«

Matthias hob abwehrend seine Hände. »Schon gut, Walter, schon gut. Ich verstehe dich. Und jetzt geh!«

Endlich gehorchte der Steinmetz und verließ mit schlurfenden Schritten die Bauhütte. Ermattet ließ Matthias sich wieder auf seinen Schemel sinken und vergrub seinen Kopf.

Klara!

Er liebte seine Tochter abgöttisch. Sie war alles, was ihm von seiner Frau geblieben war. Mehr noch, sie war ihr Abbild, ihre gemeinsame Frucht, sein einziger Trost in dieser einsam gewordenen Welt. Wie hätte er die letzten sechzehn Jahre wohl ohne sie verbracht? Klaras Anblick war wie eine süße Erinnerung. Sie war sein Ein und Alles.

Gewiss, längst war ihm klar gewesen, dass sie sich eines Tages in einen jungen Mann verlieben würde. Offenbar war dieser Fall nun eingetreten, und Matthias fragte sich, warum dies ihn tief in seiner Seele schmerzte. Warum freute er sich nicht einfach über das Glück seiner Tochter?

Leonhard!

Nun, eigentlich mochte er seinen Gesellen. Er schien ein tüchtiger und aufrichtiger Mensch zu sein; noch nie hatte er Anlass zur Klage gegeben. Bis jetzt!

Der Gedanke, dass Klara in den Armen eines Mannes lag, verursachte ihm Schwindel. Andererseits: War er nicht selbst einst jung gewesen? Er war nun fast vierzig Jahre alt, fleischliche Freuden waren ihm seit sechzehn Jahren verwehrt. Zwar hatte er – dem Kind zuliebe – damals wieder heiraten wollen, doch letztlich hatte er sich nicht dazu durchringen können.

Jede andere Frau war ihm wie ein unvollkommenes Abbild Klaras erschienen. Es wäre wie ein Verrat an seiner verstorbenen Frau gewesen, der er einst ewige Treue geschworen und die er wirklich mit seinem ganzen Herzen geliebt hatte.

So war es schließlich eine Amme gewesen, die das Kind großgezogen hatte. Ihr Name war Mechthild gewesen, eine Frau im besten Alter, mit langen, lockigen Haaren und blauen Augen. Natürlich hatte es Augenblicke gegeben, in denen er Mechthild begehrt hatte – schließlich konnte er nicht wider die Natur. Aber er war standhaft geblieben, verband er doch den Drang in seinen Lenden auf immer und ewig mit seiner Klara. Das Drängen der Natur war wohl nun auch in seiner Tochter erwacht.

Ob Walter die Wahrheit gesagt hatte? Ging es ihm wirklich um die Ehre Klaras? Walter war ihm mit seinem verschlagenen Blick immer ein wenig seltsam vorgekommen. Aber er war ein fleißiger Steinmetz. Und ebenso wie Leonhard hatte er sich nie etwas zuschulden kommen lassen. Stimmten also seine Behauptungen, oder hatten die Sinne ihm einen schlechten Streich gespielt?

Aber was spielte das für eine Rolle? Klara schien verliebt zu sein, und was sie und Leonhard im Wald auch immer getan haben mochten – es war für niemandes Auge bestimmt gewesen.

Was war mit Leonhard? Hatte er lautere Absichten, oder suchte er bloß nach Gelegenheiten, dem Drang in seinen Lenden nachzugeben? Und wenn er Klara tatsächlich liebte – warum hatte er dann ihn, den Vater, nicht darüber informiert? Dies musste doch auch im Interesse Klaras liegen. Alles war hinter seinem Rücken geschehen.

Matthias spürte einen flauen Zorn in sich keimen. Dennoch beschloss er – seiner Tochter zuliebe – in dieser Angelegenheit nichts übers Knie zu brechen und gerecht zu bleiben. Aber er wusste auch, wie schwer ihm diese Gerechtigkeit fallen dürfte.

Kapitel 4

Das Gesicht des Dechanten Johannes Fust glich einer reglosen Maske aus Stein. Wie ein Bote der Apokalypse schritt er durch die Gassen, reagierte nicht auf die Grußworte, die mancher brave Mainzer Bürger ihm ehrfürchtig entgegenbrachte, marschierte offenbar, ohne zu hören und zu sehen. Vor dem Kloster der Augustiner stand ein Ablassprediger, umgeben von einer schweigenden Menge, und ließ sich mit donnernder Stimme über die Sünden dieser Welt aus. Selbst dies schien der Dechant nicht wahrzunehmen.

Der Himmel war grau und wolkenverhangen, was der Stimmung des Dechanten in jeder Weise entsprach. Eigentlich war Geduld eine seiner größten Tugenden, aber mit dieser war es nun vorbei. Maßloser Zorn erfüllte ihn, ein Zorn, wie er ihn noch nie verspürt hatte. Der Punkt war erreicht, an dem er selbst nicht mehr dafür garantieren konnte, seinem Ziehsohn – oder wie immer man diesen Taugenichts auch nennen musste – nicht eigenhändig an die Gurgel zu gehen.

Fust hatte den Holzturm erreicht und betätigte einen eisernen Torklopfer. Eine Luke öffnete sich, hinter der ein von Bartstoppeln übersätes, ungewaschenes Gesicht zum Vorschein kam.

»Ich will zu ihm«, verkündete Fust eisig.

Der Wächter nickte und öffnete das Tor. Fust trat ein; dumpfe Luft schlug ihm entgegen.

»Folgt mir, Herr Dechant!«

Der Wächter griff nach einem flackernden Öllicht, das an einer Wandhalterung steckte, und führte ihn eine steile Treppe hinab. Es roch nach Moder und feuchten Wänden; irgendwo quiekten ein paar Ratten. Sie erreichten eine eisenbeschlagene

Tür. Der Wächter fingerte nach einem klirrenden Schlüsselbund an seinem Gürtel.

»Er ist hier drin, Herr Dechant!«

»Gut. Lass mich rein, und warte vor der Türe!«

Die Luft, die dem Dechanten entgegenschlug, raubte ihm den Atem. So oder ähnlich musste es auch in der Hölle stinken: nach Dreck, Unrat, Fäulnis, Fäkalien. Fust verspürte den rebellischen Drang seines Magens, sich zu entleeren. Hinter ihm fiel die Tür krachend ins Schloss. Kümmerliche Schimmer grauen Tageslichtes fielen von draußen durch einen winzigen Mauerspalt. Es dauerte ein paar Augenblicke, bis die Augen des Dechanten imstande waren, im Dunkel der beengten Zelle etwas wahrzunehmen. Auf einem dreckigen Strohhaufen kauerte ein hünenhafter Mann, dessen rechter Fuß in einem eisernen Ring steckte, festgekettet an der mit Moder überzogenen Mauerwand.

»Onkel! Da seid Ihr ja endlich«, begrüßte er Fust.

»Schweig, nichtsnutziger Bursche! Eigentlich bist du es nicht wert, dass ich dich auch nur noch eines Blickes würdige!«

»Aber, Onkel …«

»Nur deiner Mutter zuliebe bin ich hier. Ach, hätte das Fleckfieber doch deine Eltern bloß verschont. Ich habe versagt in deiner Erziehung. Aber du bist der Sohn meiner Schwester. Was blieb mir anderes übrig, als Gott wohlgefällig zu sein und mich deiner anzunehmen?«

»Onkel, warum redet Ihr so? Es war ein Unfall, glaubt mir, ich habe nur …«

»Schweig, habe ich gesagt! Ich bin sie leid, deine Ausreden und Lügen. Immer wieder habe ich dir verziehen, und immer wieder habe ich geglaubt, es sei dir ernst mit dem Versprechen, ein anständiger Mensch zu werden.«

»Um Himmels willen, Onkel, lasst mich doch erklären: Der

Mann im Zuber und ich hatten eine harmlose Auseinandersetzung, nicht mehr als ein gegenseitiges Hänseln. Ich tauchte seinen Kopf nur ganz kurz in das Wasser, ein Spaß nur, nichts weiter. Woher sollte ich wissen, dass dieser Bedauernswerte ein krankes Herz hatte? Es lag mir fern, ihn umzubringen.«

»Und dennoch weilt er nun im Fegefeuer, dank deines unseligen Ungestüms.« Der Dechant seufzte laut auf und schüttelte den Kopf. Nach einer Weile – seine Stimme war nun etwas ruhiger – fuhr er fort: »Du hast einen der Fleischermeister umgebracht! Die Zunft wird keine Ruhe geben, bis du am Galgen baumelst. Und es fällt mir schwer zu glauben, dass dich ein Wunder davor bewahren kann.«

In der Dunkelheit des Verlieses konnte Fust das kalte Lächeln, das die Mundwinkel seines Neffen umspielte, nicht erkennen. »Ihr werdet es doch nicht zulassen, dass man mich wegen eines Unglücksfalles aufknüpft?«

»Törichter! Wie könnte ich es verhindern?«

»Ihr kennt die maßgeblichen Leute, die ihren Einfluss geltend machen könnten. So zum Beispiel den Erzbischof!«

»Der Bischof, der Bischof«, winkte Fust ungehalten ab. »Der hat andere Dinge im Kopf als streitsüchtige Taugenichtse. Was um alles in der Welt hattest du überhaupt in diesem Badehaus zu suchen, an diesem gottlosen Ort der Sünde?«

»Ort der Sünde? Aber, Onkel, ich wollte nichts weiter als ...«

»Still, Unseliger. Glaubst du etwa, ich wüsste nicht, wie es in diesen Anstalten hergeht? Dass sie in Wirklichkeit nichts anderes sind als lästerliche Freudenhäuser? Zwar bin ich ein Geistlicher, doch halte mich nicht für unwissend. Ach, versagt habe ich. Der Herrgott wusste schon, warum er mich zum Priester berief, denn zum Vater tauge ich nicht. In Wirklichkeit bin ich der Schuldige. Ja, ich bin schuld an deinem Elend!«

Der Dechant unterdrückte ein Schluchzen. Eine Weile lang betrachtete er stumm die reglose Gestalt vor sich, den Sohn seiner Schwester. »Wie auch immer«, fuhr er dann flüsternd fort, »selbst wenn du dem Galgen entgehen solltest, wofür ich unablässig beten werde – du kannst nicht länger Sakristan von Sankt Stephan sein.«

»Nicht länger Sakristan? Wovon soll ich leben, Onkel?«

»Eine Frage, die du dir hättest stellen sollen, bevor du dem Fleischermeister an den Hals gingest. Nicht zum ersten Mal hast du dich deines Amtes unwürdig erwiesen. Meine Geduld ist am Ende. Und auch meine Fähigkeit, dich auf einen besseren Weg zu führen. Wenn diese Sache mit Gottes Hilfe ausgestanden ist, wirst du Mainz verlassen.«

»Aber wohin soll ich gehen?«

»Das ist mir gleich. Du bist kein Kind mehr. Meine Pflicht gegenüber deiner Mutter ist abgegolten. Du bist ein stattlicher Mann mit einem gesunden Leib, such dir selbst ein redliches Auskommen.«

»Reinigt mich nicht die Beichte von jeglicher Sünde?«

Fust stieß ein hohles Lachen aus. »Als du das letzte Mal den Theologen herausgekehrt hast, warst du zuvor in eine Wirtshausschlägerei verwickelt gewesen: Du habest nur den Spruch des Propheten Mose befolgen wollen, der da in seinem Buche Exodus geschrieben habe: Auge um Auge, Zahn um Zahn! Nun, beinahe hätte der Streit dich dein eigenes Auge gekostet.«

Hans fuhr tastend mit einem Finger über die lange Narbe in seinem Gesicht.

»Ja, fühle nur! Entstellt hat dich dieser Messerstecher für dein ganzes Leben. Ein ewiges Mahnmal, das da quer durch dein Gesicht läuft. Aber hat es dich geläutert? Mitnichten! Immer noch lässt du dich von den Dämonen des Jähzornes und der Untugend leiten. Vielleicht aber ändert sich das, wenn du aus meinen unglückseligen Fittichen befreit bist.«

»Ich gelobe Besserung, Onkel!«

»Wie schon so oft. Dennoch bleibt es bei dem, was ich beschlossen habe. Solltest du diese Angelegenheit heil überstehen – was keineswegs gewiss ist –, so wirst du dich auf die Wanderschaft machen. Und in der Zwischenzeit« – er rümpfte die Nase und schaute sich nach allen Seiten um – »hast du die Ruhe und die Gelegenheit, über das Leben, das du geführt hast, nachzudenken!«

Er pochte mit einer Faust gegen die Tür des Verlieses.

»Ich will gehen«, sagte er zu dem Wächter, der durch den breiter werdenden Türspalt spähte.

Hans sah seinem Onkel finster hinterher. Und seine Zähne knirschten unheilvoll.

Kapitel 5

»Eine Reliquie! Was dieses Gotteshaus braucht, ist eine Reliquie!«

Die Stimme des alten Pfarrers hallte durch die Kirche. Die Steinmetze auf ihren Gerüsten, zehn oder zwölf an der Zahl, hielten in ihrer Arbeit inne und schielten nach unten. Conrad Boult, der Pfarrer, und Baumeister Matthias von Pera standen im Mittelschiff der werdenden Basilika und überschauten das Voranschreiten der Bauarbeiten, wobei der Pfarrer unablässig mit seinen Händen fuchtelte. Schließlich machte er eine weit ausholende Bewegung mit seinem Arm.

»Was nützt uns das schönste Gotteshaus weit und breit, wenn es sich nicht messen kann mit vergleichbaren Bauten in anderen Städten? Die Aachener lachen uns aus! Was für einfältige Narren diese Dürener doch sind, sagen sie, geben so viel Geld für den Umbau einer Kirche aus, die selbst ihr Patron, der Herzog, nur alle Jubeljahre einmal betritt.«

Matthias räusperte sich. Mit gedämpfter Stimme, die dennoch oben auf den Gerüsten zu vernehmen war, erwiderte er: »Düren ist nicht Aachen, Herr Pfarrer. In Aachen krönt man Könige, und Leute aus dem ganzen Reich, aus der ganzen Welt sogar, pilgern dorthin, um der Zeigung der Reliquien beizuwohnen. Doch weshalb sollte Düren sich schämen? Nur, weil es nicht die Gebeine irgendwelcher Heiligen beherbergt?«

»Gewiss, gewiss«, winkte der alte Geistliche etwas ungehalten ab, »ich weiß schon, was Ihr mir sagen wollt: Die Gegenwart von Reliquien ist nicht maßgeblich für das Wohlwollen unseres Herrn. Was haltet Ihr mir das vor? Das weiß ich selbst wohl besser als Ihr!«

»Es lag mir fern, Euch zu belehren!«

»Ihr habt gut reden, Baumeister. Der Umbau der Martinskirche gibt Euch und Euren Männern Arbeit und Brot. Ich aber habe mich um das Seelenheil meiner Schafe zu kümmern. Ein prächtiges Gotteshaus vermag ihre Frömmigkeit womöglich eine Zeit lang zu erwecken, doch wenn der Anblick Eurer imposanten Pfeiler und kunstfertigen Arkaden nichts Neues mehr für sie ist, kehrt der alte Trott in ihre Herzen zurück, und ihre Gedanken weilen während des Gottesdienstes in gottlosen Schänken und verrufenen Häusern, wie allzumal. Nein, eine hübsche Kirche ist kein Heilmittel gegen die Lauheit! Eine Reliquie müsste her! Denn wer würde es wagen, sich in Gegenwart der Überreste eines Heiligen elenden Gedanken hinzugeben?«

Matthias seufzte. Heute, am Todestag seiner geliebten Klara, stand ihm der Sinn nicht nach theologischen Debatten. Dass Menschen Reliquien verehrten, deren Authentizität er obendrein anzweifelte, war ihm immer schon unverständlich gewesen. Als ob das Seelenheil an solchen Dingen hinge!

»Nun, Herr Pfarrer, leider kann ich Euch keine Reliquie beschaffen. Wäre ich selbst ein Heiliger, würde ich Euch gern meinen kleinen Finger opfern. So aber kann ich nur mein Bestes als Bauherr dieser Kirche geben, und ich hoffe, dem Herrgott auch auf diese Weise wohlgefällig sein zu können.«

Missmutig schaute der Pfarrer zu den Gerüsten empor. »Dann sorgt gefälligst dafür, dass Eure Männer in ihrer Arbeit nun endlich fortfahren und unserem Herrgott gleichfalls wohlgefällig sein können.«

Erst jetzt wurde Matthias bewusst, wie still es geworden war und dass man sein Gespräch mit dem Pfarrer offenbar mit Spannung verfolgt hatte.

»He, seid ihr eingeschlafen? Weitermachen, sonst setzt es was.«

Sogleich war die übliche Geräuschkulisse wiederhergestellt. Laut schallte das Hämmern von den Wänden wider. Auch Leonhard griff nach der Kelle und fuhr in seinem Tun fort.

»Na, der gute Pfarrer hat vielleicht Sorgen«, raunte er Walter zu, der neben ihm arbeitete. »Wozu braucht man überhaupt Zirkel, Richtscheit und Winkel? Schafft eine Reliquie herbei und legt sie in einen alten Schuppen. Und alle Steinmetze und Baumeister können in ein Kloster eintreten.«

Walter schwieg.

»He, was ist eigentlich los mit dir?«

»Hmmh?« Walter zuckte regelrecht zusammen.

»In letzter Zeit kommst du mir ein wenig eigenartig vor. So still und verschlossen.«

»Wer, ich?«

»Hast du vielleicht Kummer?«

»Ach was.«

»Willst du nicht mit mir reden? Habe ich dich in irgendeiner Weise verletzt?«

»Aber mein lieber Leo!« Walter legte ihm eine Hand auf die Schulter und lächelte schief. »Wie kommst du denn bloß darauf? Du bist doch mein Freund. Nein, ich habe nichts. Nichts, worüber du dir Gedanken machen müsstest.«

»Dann bin ich beruhigt.« Leonhard schenkte ihm ein kurzes Lächeln. Schweigend fuhren sie in ihrer Arbeit fort, bis ein lauter Gong sie zum Mittagessen in die Bauhütte rief.

Die Männer stiegen die Leitern hinab. Geschlossen verließen sie das Gotteshaus durch das westliche Seitentor und strebten plaudernd auf die Bauhütte zu. Leonhard aber scherte aus. »Ich brauche heut' nicht zu essen«, rief er Walter zu und zwinkerte wie zur Erklärung mit einem Auge. »Vertrete mir lieber ein wenig die Beine.«

»Gewiss, tu das!« Walter zwinkerte zurück, als sei er der Mitwisser eines wohlgehüteten Geheimnisses. Dann folgte er den anderen Männern in die Hütte.

»Wo ist Leonhard?«, wollte Matthias wissen, als die Männer sich um einen langen Tisch geschart hatten und zu ihren Löffeln griffen.

Allgemeines Schulterzucken. Eine beleibte Matrone stellte einen dampfenden Kessel auf den Tisch. Hungrig langte man zu. Walter aber näherte sich verstohlen dem Meister, der immer noch an der Tür stand und nach draußen schielte.

»Meister!«

»Was ist, Walter?«

Der Steinmetz begann zu flüstern. »Auf Leo braucht Ihr wohl heute nicht zu warten.«

»Wieso nicht? Wo ist er?«

»Nun, äh … Er hatte keinen Hunger und wollte seine Pause woanders verbringen. Er verschwand in Richtung Weiherstraße. Sollte mich nicht wundern, wenn er zum Holztor will.«

»Warum sollte er die Stadt verlassen?«

»Hm! Vermutlich geht er zum Fluss, um sich dort ein wenig

die Beine zu vertreten.« Walter hob seine Schultern und gesellte sich zu den anderen.

Matthias starrte ihm finster nach. Zum Fluss! Ja, das mochte stimmen. Dort konnte Leonhard sich ungestört mit Klara treffen.

Klara! Wie kann sie mir das antun? Vor genau sechzehn Jahren kämpfte ihre Mutter mit dem Tod, um sie zur Welt zu bringen! Ihr Leben hat sie für das Kind gelassen …

Der Gedanke, dass Klara, das Abbild ihrer Mutter, sich heimlich mit einem Mann traf, verwandelte seine Schwermut in unbändigen Zorn. Eine Stimme in seinem Innern – war es sogar die Stimme seiner verstorbenen Klara? – mahnte ihn, nicht ungerecht zu sein. Beschwor ihn, Großmut walten zu lassen. Befahl ihm regelrecht, den Dingen ihren Lauf zu lassen.

Vergebens.

Wie von einer fremden Kraft gesteuert, verließ Matthias die Bauhütte.

Sie saßen dort, wo sie sich schon im vergangenen Sommer manches Mal getroffen hatten. Diesmal freilich glänzte kein feuriger Sonnenball am Himmel, der wärmend auf die Verliebten herabgeschienen hätte. Es war kalt, und am Himmel zogen dunkle Wolkenbänder auf. Doch auch der kühle Herbst hatte seine schönen Seiten. Die Aue war umgeben von knorrigen Bäumen, deren Kronen in allen Farben schimmerten. Ein leichter Wind ließ Blätter durch die Luft tanzen, ließ sie in das Wasser der Rur gleiten, wo sie eine lange Reise antraten. Am gegenüberliegenden Ufer schnatterten einige Enten, und ein Schwanenpaar ließ sich – entrückt, wie es schien – mit der Strömung treiben.

»Wie die Schwäne – so will ich mit dir leben«, sagte Klara verträumt. »Getrieben von einer höheren Macht, doch immer vereint mit dir.«

Leonhard, der hinter ihr saß und es geschehen ließ, dass sie ihren Kopf gegen seine Brust lehnte, küsste ihre dunklen Haare. »Wir sind vereint, meine Rose, und niemand wird uns jemals trennen.«

»Erzähl mir von der sich wandelnden Welt, Liebster!«

»Alles, was ich weiß, habe ich dir bereits berichtet.« Er lachte leise. »Von nun an werde ich mich überraschen lassen.«

»Mein Vater behauptet, man plane in Rom den Bau eines neuen Doms.«

»Ja, das stimmt.«

Sie reckte ihren Kopf nach oben. »Sicherlich ist es der Traum eines jeden Steinmetzen, einen solchen Bau errichten zu helfen.«

»Ich gebe zu, dieser Gedanke ist mir auch schon durch den Kopf gegangen. Rom ...« Er betonte den Namen der Ewigen Stadt, als sei sie ein Wunder.

»Ach, lass uns eines Tages nach Rom reisen, Liebster. Sicherlich bauen sie dort die größte Kirche der Christenheit. Und du kannst dich in ihr verewigen.«

»Nun«, Leonhard rümpfte die Nase, »deine Worte sind eine Verlockung für mich. Andererseits gefällt es mir nicht, was mir da von einem Wanderprediger zu Ohren gekommen ist. Rom ist ein großes Sündenbabel, selbst der Papst führt ein sittenloses Leben.«

»Das ist nichts Neues. Das weiß doch jedes Kind.«

»Aber der Prediger berichtete auch, dass man die prunkvollen Bauten der Päpste von den Ablassgeldern der Gläubigen finanziert.«

»Von Ablassgeldern?«

»Der Gedanke gefällt mir einfach nicht, dass dieser prunkvolle Dom nur dann entstehen kann, wenn wir gegen gutes Geld unsere Sünden bereuen.«

»Aber wenn's doch zur Ehre Gottes ist?«

»Ich wünschte, dem wäre wirklich so. Doch zwischen der Ehrerbietung Gottes und dem Geltungsdrang der Päpste gibt es einen gewaltigen Unterschied. Außerdem glaube ich, dass der Herrgott uns die Sünden auch unentgeltlich verzeiht, so man sie denn tatsächlich bereut.«

Klara nagte an ihrer Unterlippe. »Vielleicht hast du recht. Warum sollte unser Glück in einer fernen Stadt liegen? Wo es doch hier begonnen hat.«

Sie träumten eine Weile vor sich hin.

»Glaubst du, dass wir füreinander bestimmt sind?«, unterbrach Klara schließlich ihr Schweigen.

»Gewiss, das glaube ich. Zweifelst du daran?«

»Wo denkst du hin? Zweifel hege ich nur, ob unser Glück auch dauerhaft sein wird. Das alles ist einfach zu schön, zu unwirklich, um tatsächlich wahr zu sein.«

Sie horchte auf, als habe sie etwas vernommen. Doch nur das Rauschen des Wassers und das Schnattern der Enten war zu hören.

»Was hast du?«

»Nichts. Ich glaubte nur, jemanden gehört zu haben.«

»In letzter Zeit glaubst du das recht oft.«

»Ich weiß. Es tut mir leid. Das sind sicher diese verfluchten Zweifel, die an mir nagen.«

»Warum traust du unserem Glück nicht?«

»Du hast noch immer nicht um meine Hand angehalten!«

»Glaubst du, dein Vater möchte mich wirklich zu seinem Schwiegersohn haben?«

Klara schüttelte seufzend ihren Lockenkopf. »Ich glaube, dass er dich mag. Doch ob er auch bereit ist, mich herzugeben? Du weißt, er hütet mich wie seinen Augapfel. Ich bin für ihn das Abbild meiner Mutter, die er unendlich lieb gehabt hat. So wie ich dich!«

»Also gut«, sagte Leonhard entschlossen. »Wenn du willst,

werde ich ihn noch heute Abend aufsuchen und ihm meine Liebe zu dir gestehen. Ganz formell werde ich um deine Hand anhalten.« Er machte Anstalten, sich zu erheben, doch Klara hielt ihn zurück.

»Nein, nicht heute. Nicht am Todestag meiner Mutter. Nicht an meinem Geburtstag. Er würde es nicht verkraften.«

»Aber du wolltest doch selbst, dass ich …«

»Gewiss, mein Liebster. Aber nicht heute. Glaub mir, die Seele meines Vaters ist in Aufruhr. Lass nur noch ein paar Tage verstreichen.«

»Er muss sie in der Tat sehr geliebt haben.«

»Das hat er.« Sie drehte ein dünnes Zweigchen in ihren Händen. »Und was ist mit deinen Eltern?«, fragte sie schließlich. »Haben sie sich auch geliebt?«

Leonhards Blick entrückte in weite Fernen. »Der Tod meines Vaters hat meine Mutter sehr mitgenommen, auch wenn ich sie nie um ihn habe weinen sehen. Nie werde ich den Tag vergessen, als die beiden Männer vor unserer Türe standen. Es war ein trüber Dezembertag. Das Wasser der Inde war vereist, es fiel bereits der erste Schnee, ich weiß es noch genau. Die Männer brachten meinen Vater in einem Ochsenkarren, in dem man sonst große Steinquader transportiert. Sie hatten an der Fassade des Aachener Domes gearbeitet, als ein herabstürzender Stein ihn am Kopf traf. Blutüberströmt und ohne Bewusstsein war er, als die Männer ihn nach Hause brachten. Sein Herz schlug aber noch. Es schlug noch einen vollen Monat lang, und meine Mutter pflegte ihn aufopferungsvoll, während ich meist flennend neben seinem Lager hockte. Mit weit aufgerissenen Augen schien er mich und Mutter anzuschauen, aber niemals wussten wir, ob er uns auch wirklich sah. Endlich, am Tag des Dreikönigsfestes, erlöste der Herrgott ihn von seinen Qualen. Es war seltsam, doch als er tot war, konnte ich nicht mehr weinen. Mutter hatte sowieso nicht geweint. Oder nur nachts, wenn ich es nicht sehen konnte. Sie hatte die harte Prüfung ohne einen Klagelaut über sich ergehen lassen. Vielleicht war das ihre Art, dem Gatten ihre Liebe zu zeigen. Jedenfalls dankte ich dem Herrgott, als alles vorbei war.«

Klara drückte seine Hand. »Sicher guckt dein Vater jetzt von oben auf dich herab und ist stolz auf dich.«

»Wenn er dich sieht, bestimmt. Auch meiner Mutter wirst du gefallen.«

»Wann wirst du sie wieder mal besuchen?«

»Nicht ich, *wir* werden sie in Kornelimünster besuchen. Es ist an der Zeit, dass sie dich kennenlernt, bevor ihr schwindendes Augenlicht gänzlich versagt. Ich weiß, du wirst ihr gefallen!«

Klara schlug glückselig ihre Augenlider nieder. »Ach, Leonhard, sollen wir nicht zu einer Wahrsagerin gehen, damit wir endlich erfahren, was mit uns beiden geschehen wird? Ich kann es kaum noch erwarten, das gemeinsame Leben mit dir. Unerträglich, diese Ungewissheit der Liebenden.«

»Wie bitte?«, lachte Leonhard. »Für unser Glück bedarf es keiner Wahrsagerin!«

»Wahr gesprochen!«, donnerte eine dunkle Stimme hinter ihnen. Erschrocken fuhren sie hoch. Eine Ente erhob sich flatternd in die Lüfte. Hinter einem Strauch kam eine Gestalt zum Vorschein. Leonhards Herz drohte auszusetzen.

Der Meister!

»Für euer Glück bedarf es tatsächlich keiner Wahrsagerin mehr!«, sagte Matthias kalt. »Denn euer Glück ist hiermit beendet!«

»Vater!« Klara hatte sich erhoben und wollte auf ihn zueilen; allein sein abweisender Blick hielt sie zurück.

»Du hast mein Vertrauen in schlimmster Weise missbraucht«, sagte er in Richtung seines jungen Steinmetzen.

»Aber, Meister, ich …«

»Sei still! Hintergangen hast du mich. Hast dich heimlich mit meiner Tochter getroffen und mich zu einem Narren gemacht.«

»Aber, Vater!« Über Klaras Wange rollte eine dicke Träne. »Er liebt mich. Und ich liebe ihn.«

»Was weißt du schon von Liebe, törichtes Kind? Liebe hat nichts mit heimlichen Begierden zu tun.«

Leonhard straffte seinen Oberkörper und rang nach Worten. »Meister, ich versichere Euch, dass ich … dass ich … Bei allen Heiligen, ich will Klara heiraten.«

»Heirate, wen du willst, aber nicht meine Tochter. Und lass die Heiligen aus dem Spiel. Heilige haben mit dieser Angelegenheit nicht das Geringste zu tun.« Er trat ein paar Schritte näher und fasste Klara beim Handgelenk.

»Vater! Leonhard!« Ihr verzweifelter Blick wanderte hin und her.

»Schweig. Nach Hause mit dir. Kaum zu glauben, wie du den Todestag deiner Mutter entweihst, die starb, nachdem sie dir das Leben geschenkt hatte.«

»Vater, wie kannst du so etwas sagen?« Laut begann sie zu weinen.

»Du wirst Leonhard nicht wiedersehen, hast du verstanden?« Matthias bedachte seinen Steinmetz mit einem verächtlichen Blick. »Du bist entlassen! Such dir eine neue Arbeit. Und ich rate dir, Düren noch heute zu verlassen. Sollte ich dich jemals wieder mit meiner Tochter sehen, kannst du dein letztes Gebet sprechen!«

Kapitel 6

Seit er in diesem Loch unter dem Holzturm saß, empfand Hans Fust nur noch grenzenlosen Hass. Hass gegen diesen aufgeblasenen Fleischermeister, der ihn in diese missliche Lage gebracht hatte. Hass gegen den Wächter, der ihm täglich ein verschimmeltes Stück Brot und einen Becher mit fauligem Wasser brachte. Hass auch gegen seinen Onkel und Ziehvater, den Dechanten, der sich seit jenem Tag, als er ihn in der Zelle aufgesucht, nicht mehr hatte blicken lassen.

Hans schmachtete im Ungewissen. Wie lange noch? Nur der Hass war ein Garant, dass seine gewaltigen Körperkräfte ihn nicht verließen. Und seine Kräfte würde er noch brauchen.

Nun, den Fleischer zu hassen machte nicht mehr viel Sinn. Der Schlag hatte den Unverschämten getroffen; sicherlich schmorte er längst in der Hölle. Es schadete aber sicher nicht, ihn dennoch weiter zu hassen.

Der Wächter des Verlieses! Ein dreckiger Bursche, der – seinem Aussehen nach zu urteilen – wohl selbst in einem dieser stinkenden Kerkerlöcher zu hausen schien. Schimmeliger Fraß und brackiges Wasser – das war es, was Hans mit seinem Anblick verband. Also Hass!

Der Dechant! Noch nie hatte er diesen asketischen Mann, der sich niemals den Vergnügungen des Lebens hingab, gemocht. Trostlosigkeit und Langeweile schienen seine Tugenden zu sein, von seiner verteufelten Frömmigkeit ganz zu schweigen. Und eben dieser freudlose Mann hatte sich seiner angenommen, damals, als er, Klein-Hans, noch keine zehn Winter gesehen hatte. Mit frommen Sprüchen und endlosen Gebeten hatte der Alte ihn erzogen. Und mit Geschichten von Heiligen, deren bloße Erwähnung ihm heute die Galle hochkommen ließ. Nein, gemocht hatte er ihn nie. Und nun hasste er ihn obendrein. Hasste ihn, weil er ihn schmachten ließ in diesem stinkenden Loch. Hasste ihn, weil er ihn hier zurückgelassen hatte, mit scheinheiligen Sprüchen auf seinen Lippen. Das Zeitgefühl hatte Hans längst verloren, doch es musste mehr als vier Wochen her sein. Eine Ewigkeit!

Eine Ewigkeit auch, die er bereits unter den Fittichen des Dechanten stand. Beinahe zwei Dekaden schon. Die Erinnerung an seine Eltern, die damals das Fleckfieber dahingerafft hatte, war längst verblasst. Nur das hagere Gesicht des Onkels, seines Ziehvaters, war ihm stets gegenwärtig. Außerdem sein mahnender Zeigefinger, sein tadelnder Blick. So etwas wie mütterliche Zuwendung hatte er von Maria erfahren, der Haushälterin seines Onkels. Maria war eine mollige Frau mit gigantischer Oberweite gewesen, mit wulstigem Hals und großen, runden Augen. Sie hatte immer ein gutes Wort für ihn gehabt, ihn getröstet, wenn der strenge Ziehvater ihn wieder einmal gemaßregelt und unter Hausarrest gestellt hatte. Heimlich hatte sie ihm dann selbst gemachtes Gebäck in seine Kammer gebracht. Aber sag es nicht dem Dechanten! Die stets gleichen Worte, die sie benutzt hatte, klangen immer noch in seinen Ohren. Im Dunkel des Verlieses wurde es zu einer Vision: Maria tritt durch die unsäglich quietschende Türe und reicht ihm – einen Zeigefinger geheimnistuerisch auf den Lippen – eine noch dampfende Waffel. Aber sag es nicht dem Dechanten!

Die Realität sah anders aus: Da trat keine warmherzige Matrone zu ihm in dieses Loch, vielmehr ein mürrischer Kerl, der ihm keine Waffel reichte, sondern Fraß, den selbst ein Schwein verschmähen würde.

Vor einigen Jahren war die dicke Maria gestorben. Sie war der einzige Mensch gewesen, um den er jemals getrauert hatte, von seinen Eltern einmal abgesehen. Doch deren Tod lag in einem undurchdringlichen Nebel der Vergangenheit.

Vergangenheit war nun sein ganzes Leben. Wie mochte seine Zukunft aussehen? Denn dass es für ihn eine Zukunft gab, stand völlig außer Zweifel. Man würde es nicht wagen, den Neffen des Dechanten Fust zu henken. Jedem musste klar sein, dass dieser verdammte Fleischer ein krankes Herz gehabt hatte. Dass Hansens Tat für eine Verurteilung nicht ausreichen würde, musste auch Fust einleuchten. Offenbar liebte er es jedoch, seinen Ziehsohn zappeln zu lassen. Damit er bereuen und über seine Sünden und über sein lasterhaftes Leben nachdenken konnte. Ach, dieser erbärmliche Pfaffe!

Also: Sein Leben war noch längst nicht zu Ende, doch seine Zukunft lag nicht mehr in Mainz. Der Dechant hatte es ernst gemeint, ohne Zweifel. Wenn diese unerfreuliche Sache ausgestanden war, würde Hans die Stadt verlassen und seinen Beruf des Sakristans – für ihn ohnehin stets Mittel zum Zweck – aufgeben müssen. Sich anderswo als Tagelöhner verdingen. In Mainz bleiben? Das machte wenig Sinn. Fust würde seinen Einfluss geltend machen, sodass Hans nirgends Fuß fassen konnte.

Er würde dem Leben in Mainz hinterhertrauern. Zumindest dem Leben, das er nach der Verrichtung seines frommen Dienstes geführt hatte: dem Leben in den Schänken und Hurenhäusern, in den Bädern nahe des Kirschgartens. Andererseits musste er künftig nicht mehr ständig darum bemüht sein, seine Identität als Neffe des Dechanten zu verheimlichen, wenngleich dies ein offenes Geheimnis in den sündigen Häusern gewesen war. Doch hier war man – aus profanen Gründen, versteht sich – daran interessiert, den Hans nicht dem Klatsch und Tratsch der Leute preiszugeben, verlor man doch sonst einen zahlungskräftigen Kunden.

Ja, er würde sie vermissen, diese pulsierende Stadt. Doch er würde sich auch anderswo zurechtfinden. In seinem bisherigen Leben hatte er die Erfahrung gemacht, dass ihm selten etwas verwehrt geblieben war. Er gehörte zu den Starken, den Zähen dieser Welt. Jene Menschen, die ihm nicht aus dem Weg gingen, versuchten zumeist, sich seine Gunst zu erwerben; offenbar schien niemand gewillt, seinen Unmut zu wecken. Wenn er nur endlich dieses stinkende Loch verlassen könnte …

Wenigstens hatte man ihn mit unfeiner Gesellschaft verschont, sodass er immerhin seine Ruhe hatte. Zwar hatte dieser unerträgliche Wächter versucht, ihm diese zu rauben: Eines Nachts nämlich schubste er einen grölenden Trunkenbold zu ihm in die Zelle. Doch Hans hatte den Störenfried windelweich geprügelt, sodass dieser lauthals gezetert und gejammert hatte, als hielte ihn der Teufel selbst in seinen grausigen Klauen. Also hatte der Wächter – da er das Leben des Zechers ernsthaft gefährdet sah – ihn flugs wieder rausgeholt und in ein anderes Loch geworfen. Fortan blieb Hans von der Gegenwart weiterer Übeltäter verschont. Nicht aber von der Gegenwart der Ratten.

Die Ratten brachten Hans mitunter um den Verstand. Bösartige, gerissene Viecher, die, wenn er schlief, an seinen Zehen nagten, bis diese zu bluten begannen. Längst hatten sie durchschaut, dass Hans durch die eiserne Kette an seinem Fuß in seinen Bewegungen eingeschränkt war. Weshalb eine Jagd auf sie wenig erfolgversprechend war. Nur mit List würde ihnen beizukommen sein. Ein Exempel musste statuiert werden! Eine Ratte, die in ihrem Todeskampf das Blaue vom Himmel schrie, würde ihre entsetzten Artgenossen in die Flucht schlagen, sodass sie den Ort lange mieden. Jedenfalls hatte Hans dies einst einen alten Rattenfänger in einer Spelunke erzählen hören. Ein Exempel durch eine List also. Längst hatte Hans einen Plan geschmiedet. Und jetzt hielt er den Augenblick für gekommen, diesen endlich in die Tat umzusetzen.

Seine Brotration galt es zu opfern. Nun, er würde es überleben, einmal darauf zu verzichten. Nachdem er sich rücklings ins Stroh gelegt hatte, platzierte er das Brot sorgsam auf seiner Brust, dass es durch das stetige Heben und Senken seines Brustkorbes nicht herunterfallen konnte. Dann stellte er sich schlafend.

Er brauchte nicht lange zu warten. Schon bald hörte er die Biester über den Dreck des Bodens huschen, spürte, wie sie dreist an ihm schnupperten und offenbar rasch auf das Brotstück aufmerksam wurden. Zunächst schienen sie unschlüssig zu sein. Das Wagnis, das sie eingingen, wenn sie den Leib des Schlafenden erklommen, war ihnen bewusst. Endlich schien sich eine Freiwillige gefunden zu haben. Leichtfüßig sprang die Ratte empor.

Hans rührte sich nicht. Selbst seine Atmung hatte ausgesetzt.

Auch die Ratte verharrte angespannt. Als sie sich ihrer Sache sicher war, reckte ihre Schnauze sich vorsichtig nach dem Brotstück.

Schnell wie das Beil eines Henkers fuhr Hansens Hand herbei und packte das vorwitzige Tier. Im Nu saß er aufrecht und betrachtete mit einem triumphierenden Glitzern seiner Augen die schreckensstarre Beute, die er umklammert hielt. Mit unerbittlicher Langsamkeit begann er seinen Griff zu verstärken, mehr und immer mehr.

War die Ratte im ersten Moment noch wie gelähmt vor Angst gewesen, so begann sie nun erbärmlich zu schreien. Ihre Artgenossen waren davongehuscht, verschwunden in unsichtbare Spalten und Nischen. Hans aber erlebte einen Rausch. Seine Finger bohrten sich zunehmend in das weiche Fell der Ratte, bis er schließlich spürte, wie die Eingeweide aus dem Leib des Tieres quollen. Die Ratte aber schrie immer noch, und ihre kohlschwarzen Knopfaugen drohten aus ihren Höhlen zu springen. Sie schrie, bis endlich jegliches Leben aus ihr gewichen war.

Erstmals wich der Hass in Hansens Herzen einem tiefen Glücksgefühl, doch seine Stimme blieb kalt wie eine Winternacht.

»Wehe dem, der mich zum Narren machen will«, sagte er.

Kapitel 7

In der Sankt-Stephans-Kirche, auf dem Mainzer Stephansberg gelegen und nur wenige Hundert Klafter Luftlinie von Hansens dunklem Kerker im Holzturm entfernt, arbeitete zur selben Zeit ein Trupp von vier Steinmetzen hinter dem Hochaltar. Unter dem Hauptfenster ummauerten sie mit hellen Natursteinen eine Grabnische, die durch ein eisernes Gittertor gesichert war. Während drei der Männer ihre Tätigkeit schwatzend verrichteten – wenn auch in Anbetracht des Allerheiligsten mit gesenkter Stimme –, war der vierte von ihnen in ein brütendes Schweigen versunken. Leonhard war nicht nach Schwatzen zumute. Seine Gedanken waren in Düren, bei Klara. Doch Düren lag weit weg.

Fast ein Monat war inzwischen vergangen seit dem Tag, als Matthias wie ein Rächer aus der Unterwelt hinter dem Strauch, am Ufer der Rur, hervorgetreten war und sie in ihrer holden Zweisamkeit überrascht hatte. Fast ein Monat! Leonhard erschien es wie ein ganzes Jahr. Wütend – fast dem Wahnsinn nahe – hatte der Meister ihrem Glück ein Ende bereitet. Gnadenlos.

Wie ein Albtraum verfolgte das Bild des unerbittlichen Matthias den armen Leonhard. Begreifen konnte er es indessen noch immer nicht. Und tausend Fragen malträtierten immer wieder seinen gedankenschweren Kopf. Was hatte er eigentlich verbrochen? War es ein Vergehen, sich in die Tochter des Meisters zu verlieben? Zumal diese Liebe doch auf Gegenseitigkeit beruhte! Warum wollte der Meister seine Tochter nicht glücklich sehen? War er nicht selbst einmal jung gewesen und hatte sich in eine Schönheit namens Klara verliebt?

Leonhards Klara hatte ihm oft von ihrer Mutter erzählt, die sie selbst nie kennengelernt hatte. Abgöttisch musste Matthias sie geliebt haben. Seit ihrem Tod wurde der Meister von Anfällen tiefster Schwermut heimgesucht. Jedermann wusste, was es mit seiner Melancholie auf sich hatte. Auch nach sechzehn Jahren hatte er den Tod seiner Frau nicht überwunden. Doch war das ein Grund, der Tochter die Liebe zu einem Mann zu versagen?

Leonhards Gedanken drehten sich im Kreis, er fand einfach keine Antworten. Manchmal mutmaßte er, jemand könne beim Meister übel über ihn gesprochen und Matthias gegen ihn aufgebracht haben. Doch wer hätte das tun sollen? Und vor allem: Weshalb? Er hatte keine Widersacher in Düren gehabt. Stets war er höflich zu jedermann gewesen, hatte sich noch nie in seinem Leben irgendwelche Feinde gemacht. Wer also hätte ihm etwas Übles tun wollen?

Am Abend jenes Tages – als man sich in den Klöstern der Stadt bereits zur Komplet versammelte – hatte Leonhard das Haus des Meisters in der Wirtelstraße noch einmal aufgesucht, in der Hoffnung, den Aufgebrachten zu besänftigen. Zwecklos. Matthias hatte ihn mit erhobener Faust davongejagt, und alle Worte, die Leonhard sich im Geiste zurechtgelegt hatte, lösten sich in Rauch auf, noch bevor sie überhaupt gesprochen wurden. Klara? Er hatte sie nicht mehr gesehen, nachdem der Vater sie mit sich fortgezerrt hatte. Deutlich wie ein Gemälde war es eingebrannt in seinem Gehirn, sein letzter Blick auf den leibhaftigen Sinn seines Lebens: Hinter den Büschen der Aue war sie verschwunden und hatte ihn als einsamsten Menschen des Erdkreises zurückgelassen.

Der Meister hatte seinen Gesellen, der es wagte, seine Tochter zu lieben, wie einen Verbrecher in die Nacht hinausgejagt. In der Bauhütte hatte man die Anweisung erhalten, den Verstoßenen nicht wieder einzulassen. Die Franziskaner aber, deren Kloster in der Nähe des Philippstores lag, hatten ein Herz für ihn und ließen ihn in ihren Mauern nächtigen. Am nächsten Morgen, mit dem ersten Tageslicht, verließ Leonhard diese Bleibe. Der Gedanke, fortan von Klara getrennt zu sein, war ihm unerträglich. Doch was half's? In Düren musste er betteln oder verhungern, war er verloren. Im Stillen schwor er sich einen Eid: Niemals würde er Klara aufgeben. Niemals! Auch wenn er im Augenblick noch nicht wusste, wie er sie für sich gewinnen konnte – eines Tages würde er nach Düren zurückkehren. Und er war fest entschlossen, mit diesem Vorhaben keine Ewigkeiten zu warten. Gott, den er mit Stoßgebeten überhäufte, würde ihm gewiss einen Weg weisen. Dem Allmächtigen konnte das Glück seiner Kinder doch nicht gleichgültig sein …

Es nieselte aus einem wolkenverhangenen Himmel, als Leonhard, bepackt mit einem Bündel und einem Beutel voller Werkzeug, die Mauern Dürens hinter sich ließ und den Weg in Richtung Köln einschlug. Zwei Tage später betrat er durch das Schaafentor die Stadt am Rhein.

Hatte er gehofft, in der Dombauhütte eine neue Anstellung zu erhalten, so sah er sich getäuscht. Wieder einmal hatte man die Bauarbeiten an dem monumentalen Gotteshaus eingestellt, da es am lieben Geld fehlte. Ein Zimmermann empfahl ihm, rheinaufwärts zu ziehen, Richtung Mainz, wo man, wie er zu wissen glaubte, ständig nach tüchtigen Steinmetzen suchte. Offenbar waren die Mainzer eher bereit, sich ihre Gottesfurcht etwas kosten zu lassen. Leonhard befolgte seinen Rat und machte sich gleich am nächsten Tag auf den Weg. Ein Fuhrkutscher, bei dem er seine letzten Gulden ließ, nahm ihn mit bis Bingen; den letzten Teil der Strecke legte Leonhard zu Fuß zurück. An einem verregneten Novembertag erreichte er die Stadt – steif vor Kälte und ohne einen Pfennig in der Tasche.

An der Westfassade des Domes wurde in der Tat gearbeitet. Der Baumeister, bei dem Leonhard sich vorstellig machte, musterte ihn mit skeptischen Blicken, kam jedoch im Stillen zu dem Urteil, dass er wohl einen jungen Mann von vorzüglicher Lauterkeit vor sich habe. Er könne sich sogleich hinauf auf das Gerüst begeben, wies er ihn an. Allerdings, so schränkte er ein, wisse er nicht, ob er ihn lange beschäftigen könne, da ihm von höchster Stelle finanzielle Grenzen gesetzt worden seien.

Auch die Gottesfurcht der Mainzer schien also nicht unermesslich zu sein.

Gleichwohl, vorläufig hatte er eine Anstellung. Mit frischem Mut machte Leonhard sich an die Arbeit, wenngleich seine Gedanken ständig bei Klara weilten. Die Wirrungen seiner Seele aber blieben dem Baumeister und den Gesellen verborgen. Klaras Bildnis, das ständig vor Leonhards Augen schwebte, half ihm, sein Bestes zu geben. Jeden Handgriff widmete er ihr.

Nach einer Woche rief der Meister ihn zu sich und zahlte ihm seinen Lohn aus. Leider könne er ihn jetzt nicht weiter beschäftigen, erklärte er ihm, doch da Leonhard sich als tüchtig und fleißig erwiesen habe, werde er zusehen, ob er nicht einem Bautrupp zugeteilt werden könne, der in der Stephanskirche Maurerarbeiten hinter dem Hochaltar zu erledigen habe.

Die Fürsorge des Meisters kam von Herzen. Einmal mehr in seinem Leben hatte Leonhard einen Gönner gefunden. Was hätte der junge Steinmetz nur darum gegeben, auch Matthias von Pera seinen Gönner nennen zu können.

Also fand Leonhard sich in der Mainzer Sankt-Stephans-Kirche wieder, aber seine Gedanken waren – natürlich – noch immer bei Klara.

»Einen Pfennig für deine Gedanken, Bursche!«

Leonhard, der in einem Mörtelbottich rührte, vor dem er kniete, schaute empor. Seine drei neuen Kollegen grienten ihn an.

»Wie meint ihr das?«

»Einen Pfennig für deine Gedanken«, wiederholte Bruno, der Leiter des Trupps.

»Ich verwette meine Kelle, dass er an sein Liebchen denkt«, sagte ein anderer, den sie Pitt nannten. Er sah Leonhard herausfordernd an. »Ist es nicht so?«

»Na ja …«

»Uns kannst du's doch sagen. Also, was ist? Hat sie dich sitzen lassen?«

»Nein, nein«, winkte Leonhard seufzend ab. Trotzdem spielte er durchaus mit dem Gedanken, sich den dreien anzuvertrauen. Mit wem sonst sollte er über sein Dilemma sprechen? Und die Männer – obgleich er sie erst seit wenigen Stunden kannte – waren ihm keineswegs unsympathisch. Hartnäckig waren sie ebenfalls.

»Hat der alte Herr deiner Geliebten dir vielleicht was gehustet?«, vermutete Johann, der Dritte in der Runde.

Wieder seufzte Leonhard, diesmal aus tiefster Brust. Er ließ seine Kelle in den Bottich plumpsen und straffte sich. »Das trifft den Nagel auf den Kopf, Kamerad«, gab er zu.

»Warum entführst du das Röslein nicht einfach bei Nacht und Nebel? Und hustest ihrem Alten was zurück?«

»Sehe ich aus wie ein Schurke? Nein, es muss einen anderen Weg geben.«

Wieder grienten die drei, doch es war nicht hämisch gemeint.

»Wie heißt denn dein Täubchen?«, wollte Bruno wissen.

»Klara!«

»Und du meinst, dass diese Klara die einzige Frau auf dieser Welt für dich ist?«

»Ja, das glaube ich.«

Diesmal lachten die drei lauthals, sodass es durch die Kirche hallte. Schnell wurden sie sich ihrer kleinen Sünde bewusst und hielten inne.

»Was gibt es da zu lachen?«

»Nichts für ungut, Leo«, sagte Pitt. »Aber was heulst du einem Weibsbild hinterher? Auch andere Mütter haben hübsche Töchter. Und lass es dir gesagt sein, in Mainz gibt es eine ganze Menge davon. Das ist hier schon was anderes als in deiner Provinz.«

»Provinz?« Leonhard schluckte. »Mein Elternhaus steht in Kornelimünster, nahe der Kaiserstadt Aachen, du Banause. Dort hat schon der große Kaiser Karl seine Pfalz errichtet, als eure Stadt noch aus römischen Ruinen bestand. In Aachen krönt man Könige, merkt euch das.«

»Ist ja schon gut, beruhige dich doch. In Aachen also sitzt es, dein Liebchen.«

»Nein. Klara lebt mit ihrem Vater in Düren.«

»Düren, Düren … Nie gehört!«

»Wie auch immer, dorthin muss ich zurück, wenn die Zeit reif ist.«

Mühsam beherrschten sich die anderen, um nicht erneut loszulachen.

»Und äh … wann ist die Zeit wohl reif dafür?«

»Ach, wenn ich das bloß wüsste!«

»Junge, ich gebe dir einen gut gemeinten Rat!« Bruno wiegte den Stein, den er vermauern wollte, prüfend in seiner Hand, legte ihn dann behutsam beiseite und schaute Leonhard offen ins Gesicht. »Vergiss deine Klara und vergiss dieses Düren«, sagte er. Beschwörend spreizte er die Hände. »Eines Tages wirst du über deine Liebestollheit selbst lachen müssen. In Mainz findest du den Himmel auf Erden; irgendwo werden immer gute Steinmetze gebraucht. Du kannst dir hier eine goldene Nase verdienen, wenn du's geschickt anstellst. Und schöne Mädchen gibt's hier wie Sterne am Himmel. Was also trauerst du dieser Klara nach?«

Leonhard schüttelte bedauernd den Kopf und versuchte ein Lächeln. »Danke für deinen Ratschlag, Bruno. Doch ich weiß es genau – Klara und ich sind füreinander bestimmt!«

Bruno hob seine Schultern und warf den anderen einen vielsagenden Blick zu. »Es ist wohl hoffnungslos!«

Schritte, die durch die Kirche hallten, ließen die Männer aufhorchen.

»Der Dechant«, zischte Pitt.

Augenblicklich fuhren die Männer in ihrem Tun fort, diesmal schweigend.

Dechant Fust stieg die Stufen zum Hochaltar empor und näherte sich den Steinmetzen. Der Geistliche wirkte müde; sein Gang war schleppend, als trage er eine drückende Last auf den Schultern. In seinen Händen hielt er die mit Edelsteinen besetzte Büste einer Frauengestalt, die – wie man unschwer erkennen konnte – von nicht geringem Wert sein mochte. Vor dem Allerheiligsten machte der Dechant eine Kniebeuge, die ihm sichtlich Mühe bereitete. Schließlich erreichte er die arbeitenden Männer und betrachtete eine Weile deren Werk.

»Wie ich sehe, kommt ihr gut voran, Bruno«, sprach er den Leiter des Bautrupps an. Nicht nur seine Gestalt, auch seine Stimme schien von einer schweren Müdigkeit erfüllt zu sein.

»Ja, Herr Dechant. Ich denke, dass Ihr die Reliquie am Abend wieder in das Gewölbe stellen könnt.«

Fust nickte gedankenverloren. »Die heilige Anna will zurück in ihr Grab«, sagte er schließlich bedachtsam.

»Gewiss, Herr Dechant.«

Fust holte einen Schlüsselbund aus seinem Talar hervor und näherte sich, die Büste beinahe liebevoll an seine Brust gepresst, dem Gitter. »Da ihr euer Werk fast schon beendet habt, will ich es der Großmutter unseres Herrn Jesus Christus nicht zumuten, noch länger zu warten. Ich hoffe, ihr seid euch ihrer Gegenwart bewusst und entweiht diesen Ort nicht durch geistloses Geplapper.«

»Gewiss nicht, Herr Dechant. Mit größter Andacht werden wir unsere Arbeit verrichten, wie es sich für ordentliche Christenmenschen gehört.«

»Gut.« Fust öffnete das Gittertor. Ein letztes Mal betrachtete er die Büste in seinen Händen, während seine Lippen sich zu einem stummen Gebet bewegten. Dann küsste er das Reliquiar, stellte es andachtsvoll auf seinen angestammten Platz in der Nische, zog einen seidenen Vorhang davor und ließ das Gitter wieder in sein Schloss fallen.

»Bruno?«

»Ja, Herr Dechant?«

»Wie ich sehe, hast du einen neuen Mann unter deinen Gesellen.«

»Jawohl, Herr Dechant. Leonhard. Aus Aachen.«

Leonhard deutete eine Verbeugung an.

»Aus Aachen?« Der Dechant musterte ihn mit zusammengekniffenen Augen. »Eine glorreiche Stadt. Auch ich bin einst dort gewesen und habe die Windeln des Jesuskindes gesehen.«

Leonhard begann sich unter seinem strengen Blick zunehmend unwohl zu fühlen.

»Wird er lange bei dir arbeiten, Bruno?«

»Ich weiß es nicht, Herr Dechant. Mal sehen, wie es mit

neuen Aufträgen bestellt ist. Jedenfalls stellt der junge Leonhard sich sehr geschickt an.«

»Soso.«

Leonhard traute sich kaum, den Kopf zu erheben. Warum schenkte der Dechant ihm bloß so viel Aufmerksamkeit? Sein undeutbarer Blick schien ihn nicht mehr loslassen zu wollen. Endlich bereitete er Leonhards Unbehagen ein Ende; nach einer neuerlichen Kniebeuge vor dem Allerheiligsten schickte er sich an, die Empore des Hochaltars zu verlassen.

»Heute Abend, Bruno!«, rief er dem Leiter des Trupps ultimativ zu. »Und dir, Leonhard aus Aachen, wünsche ich eine glückliche Hand.« Dann verschwand er durch eine Pforte des südlichen Seitenschiffes, die zum Kreuzgang neben der Kirche führte.

»Uff!«, machte Bruno und wedelte mit einer Hand.

»Dem ist wohl eine Laus über die Leber gelaufen«, mutmaßte Johann.

»Und ich kann dir genau sagen, welche: Seinen Neffen hat man in den Turm geworfen. Hat im Bad einen der Fleischer abgemurkst. Das nagt natürlich an dem Alten. Ist deshalb noch griesgrämiger geworden, als er es ohnehin schon war.« Er wandte sich an Leonhard und hob erklärend einen Zeigefinger: »Fust hat seinen Neffen großgezogen, musst du wissen. Und endlich sieht er ein, was die ganze Stadt längst wusste: Hans ist ein Taugenichts! Und ein bösartiger obendrein. Ein Fall für den Galgen. Und wenn es jetzt nicht klappt: Eines Tages wird er schon baumeln! Fusts Vaterliebe – reine Verschwendung! Du siehst, Leo, wozu unsinnige Liebe führen kann.«

Leonhard überhörte die Spitze in Brunos Worten.

»Warum hat er mich bloß angestarrt, als trüge ich ein Brandmal auf der Stirn?«

»Wer weiß? Vielleicht hast du ja Ähnlichkeit mit seinem missratenen Ziehsohn.« Bruno klopfte ihm lachend auf die

Schulter. »Spaß beiseite, lasst uns nun zu Mittag essen, Leute. Mein Magen schreit nach einer heißen Kohlsuppe.«

Johann und Pitt legten ihre Kellen beiseite; in hungriger Erwartung leckten sie über ihre Münder. Leonhard aber blieb reglos.

»He, hast du Nüsse in deinen Ohren, Aachener? Auf geht's, an die Tafel!«

»Ich habe keinen Hunger. Bitte, lasst mich hier!«

Bruno zuckte bedauernd mit den Achseln. »Ein wenig seltsam bist du ja schon. Doch meinethalben bleib hier und grüble noch ein wenig über deine Klara nach. Vielleicht hilft dir die heilige Anna, sie wieder zurückzuerobern.« Er zwinkerte den beiden anderen zu. Dann verließen sie die Kirche.

Leonhard blieb zurück, lehnte seinen Rücken gegen den Mörtelbottich und ließ seinen Blick durch das gewaltige Gotteshaus schweifen. Die Madonna am Marienaltar, erleuchtet vom Licht der Fenster über dem Hauptaltar im Ostchor, schien ihm zuzulächeln.

Sankt Stephan war nach dem Dom die größte Kirche in der Stadt, weit größer und prächtiger als die Dürener Martinskirche, wenngleich Meister Matthias sicher sein Bestes gab, um Letztgenannter mehr Glanz zu verleihen. Freilich hatte Matthias bei Weitem nicht die Möglichkeiten der hiesigen Baumeister. Kein Zweifel, es stimmte, was die Steinmetze frotzelnd angedeutet hatten. Im Gegensatz zu Mainz war Düren ein größeres Dorf, unbedeutend und rückständig. Aber eines konnte selbst das große Mainz ihm nicht bieten: ein Mädchen, wie Klara es für ihn gewesen war.

Düren. Nur wenige Tagesreisen rheinabwärts gelegen. Ein unbedeutendes Städtchen des Reiches. Doch für Leonhard der beste Ort der Welt. Weil Klara dort lebte …

Eine Reliquie! Was dieses Gotteshaus braucht, ist eine Reliquie!

Die Worte des alten Pfarrers von Sankt Martin tönten auf einmal durch Leonhards Kopf. Ganz ungewollt. Fast bildlich sah er ihn vor sich stehen, vertieft in das Gespräch mit Meister Matthias.

Eine Reliquie!

Plötzlich fiel Leonhards Blick auf das Gitter vor der Grabnische. Siedend heiß durchfuhr es ihn, ohne dass er hätte sagen können, warum. Denn der Anblick offenbarte lediglich, dass der Dechant vergessen haben musste, den Schlüssel wieder aus dem Schloss zu ziehen. Nicht mehr und nicht weniger. Vergessen also hing er da, der Schlüssel, und baumelte unter einem kaum wahrnehmbaren Lufthauch, der aus einem Spalt des Fensters über dem Grab kommen musste.

Ein ungeheurer Gedanke schoss Leonhard durch den Kopf. Er versuchte, sich dagegen zu wehren – vergebens! Der unselige Gedanke nahm immer mehr Gestalt an.

Er erhob sich von dem steinernen Boden und ging mit weichen Knien auf das Gitter zu. Vor seinem geistigen Auge tauchte der Dechant auf, wie er die Büste inbrünstig küsste.

Eine Reliquie!

Wie von einer fremden Macht gesteuert, streckte sich Leonhards zitternde Hand nach dem Schlüssel.

Kapitel 8

Matthias von Pera starrte gedankenverloren auf die steinerne Maske unter der Konsole. Zwei wilde Männer rissen ihr das Maul auf, sodass zwei Reihen erschreckend großer Zähne zum Vorschein kamen. Hatte der Künstler eine Botschaft für ihn, den Baumeister, hinterlassen? Beinahe schien es Matthias so. Wilde Männer – unsichtbar zwar – mochten auch seinen Mund geöffnet haben vor einigen Wochen, dem Tag, als er seine Tochter zurückerobert hatte. Wie von alleine waren die Worte damals über seine Lippen gekommen. Ein Sieg seines Willens. Aber war es wirklich ein Sieg gewesen? Klara war wie verwandelt seit jenem Tag. Nur noch ein Schatten ihrer selbst. Nicht mal mehr ein Lächeln schenken konnte sie ihm. Verbittert und wortkarg war sie geworden.

Früher war sie mindestens zweimal täglich zur Martinskirche gekommen, hatte ihm Gebäck oder Obst gebracht. Die verliebten Blicke, die sie mit dem Steinmetzen Leonhard gewechselt hatte – später erst war es Matthias wie Schuppen von den Augen gefallen. Aller Logik zum Trotz war ihm vorher nie der Gedanke gekommen, dass Klara längst kein Kind mehr war, sondern eine Frau. Besser gesagt: Er hatte diesen Gedanken verscheucht, wie man es mit einer lästigen Fliege tut. Klara war das Abbild ihrer Mutter; zu bitter war ihm die Vorstellung, dass ein anderer Mann sie liebte.

Selbstverständlich hätte Matthias solcherlei Gedanken niemandem anvertraut. Nicht einmal sich selbst gegenüber war er aufrichtig. Inzwischen aber – das seelische Siechtum seiner Tochter vor Augen – schien sich in seiner eigenen Seele ein Wandel zu vollziehen. Sollte Klara ein lebenslanges Opfer seiner Schwermut sein? Würde sie nicht einst den Tag preisen, an dem er starb und sie endlich freigab? War es das, was er wollte?

Ja, der Künstler hatte recht gehabt: Wilde Männer hatten seine Rede geführt! Doch es ließ sich nicht mehr ungeschehen machen. Den jungen Steinmetz hatte er aus der Stadt gejagt; niemals würde er sie wieder betreten.

»Meister! Die Farben sind da!«

Diese Meldung riss ihn aus seinen Grübeleien. Hinter ihm stand Walter und grinste breit.

»Wie? Welche Farben?«

»Na, die für die Kreuzgewölbe der Seitenschiffe!«

»Und warum ist das ein Grund, so dumm zu grinsen?«

Sogleich verwandelte sich Walters Gesicht in das eines Trauergastes. »Verzeiht, Meister, ich …«

»Schon gut. Fang damit an, jetzt! Ich habe derweil noch etwas anderes zu tun.«

»Ja, Meister. Ach, übrigens …«

»Was noch?«

»Verzeiht meine unziemliche Frage, doch wie geht es eigentlich Eurer Tochter? Sie hat sich schon lange nicht mehr hier blicken lassen. Sie ist hoffentlich nicht krank?«

»Nein, sie …«, Matthias machte einen tiefen Atemzug, »sie fühlt sich nicht besonders gut.«

»Liebeskummer, was?«

»Was soll diese Frage, Walter?« Seine Augen schossen einen Blitz ab.

Der Steinmetz senkte unterwürfig den Blick, wie es seine Art war. »Ach, nehmt es mir nicht übel, Meister. Aber wir alle machen uns Sorgen um sie. Ihr wisst, Klara brachte immer den Sonnenschein mit zur Baustelle.«

»Wie recht du hast!« Matthias seufzte in sich hinein und fuhr fort, als spreche er mit sich selbst: »In der Tat hat sie Liebeskummer, man kann es nicht abstreiten. Doch der Tag wird kommen, an dem sie diesen Leonhard vergessen hat.«

»Gewiss, Meister. Sie ist ja noch jung.«

Matthias hatte sich wieder der steinernen Konsole zugewandt. Unschlüssig trat Walter von einem Fuß auf den anderen.

»Wenn Ihr wollt, Meister, komme ich vorbei und heitere Eure Tochter auf!«

»Was?«

»Wie Ihr wisst, kann ich ein wenig auf der Flöte spielen. Sicher würde es Klara gefallen.«

»Flöte spielen, soso.« Matthias stützte nachdenklich sein Kinn. Am liebsten hätte er dem Burschen, der sich tatsächlich anschickte, um seine Klara zu freien, in den Hintern getreten. Doch diesmal siegte seine Vernunft. Klaras Glück war schließlich kein Spielball seiner wirren Gefühle, wie er neuerdings einzusehen begann. Und Walter war ja – trotz seines etwas verschlagenen Äußeren, für das er schließlich nichts konnte – ein tüchtiger Steinmetz.

»Ich werde sie fragen«, versprach er ihm. »Und jetzt: an deine Arbeit!«

Froh gelaunt entfernte sich Walter. Matthias sah ihm hinterher und nagte an seiner Unterlippe. Er beschloss, nach seiner Tochter zu sehen, und verließ – einen letzten Blick auf die beiden wilden Männer werfend – mit großen Schritten das Gotteshaus, das ihm inzwischen wie ein zweites Zuhause erschien.

Sein erstes Zuhause lag in der Wirtelstraße, wo man dem Baumeister von Sankt Martin ein schmales Haus unweit des Wirteltores zur Verfügung gestellt hatte. Seit einigen Jahren wohnte er hier mit seiner Tochter. Eines Tages, wenn die Arbeiten an der Kirche beendet waren, würden sie wohl weiterziehen. Vielleicht nach Köln? Oder nach Mainz? Oder in ein fremdes Land? Was aber, schoss es Matthias durch den Kopf, wenn Klara bis dahin unter der Haube war? Dann, so befürchtete er, wäre er wohl der einsamste Mensch unter Gottes weitem Himmel. Aber war er das nicht ohnehin schon?

Er hatte das Haus erreicht und betrat die Stube. Alles sah – wie immer – aufgeräumt und sauber aus. Klara war auch heute nicht untätig gewesen. Doch wo steckte sie? Er rief ihren Namen und lauschte. Sie antwortete nicht. Er stieg eine schmale, steile Holztreppe empor, deren Planken unter seinen Schritten ächzten. Oben angelangt, rief er erneut nach ihr. Endlich vernahm er einen mürrischen Laut. Leise öffnete er die Tür zu ihrer Schlafkammer. Klara lag auf ihrem Bett und hatte den Kopf unter einer Decke vergraben.

»Kind!«

Noch immer schaute sie nicht auf.

»Warum machst du den Tag zur Nacht und verkriechst dich vor der Welt?«

Endlich lugte sie unter ihrer Decke hervor und bedachte ihn mit einem flüchtigen Blick, der Kummer und Verbitterung offenbarte. Ihre Augen waren rot und verweint.

»Das fragst du noch?«

Er näherte sich ihrem Bett und setzte sich neben sie. Zärtlich ließ er eine Hand durch ihre schwarzen Locken gleiten. »Das Leben kann sehr grausam sein, mein Kind. Eine unwahre Liebe gehört zu den geringsten Prüfungen, die der Herrgott für uns bereithält. Du bist noch jung und wirst Leonhard bald vergessen haben!«

»Unwahre Liebe? Leonhard vergessen?« Die Verbitterung in ihrem Blick wich nun blankem Zorn. »Was weißt du denn schon von unserer Liebe?«

»Es war nicht recht von ihm, mich zu hintergehen!«

»Pah! Als hätte er dich deiner Habseligkeiten beraubt!«

»In der Tat wollte er mich berauben. Doch nicht meine Habseligkeiten wollte er haben, er wollte ungleich mehr: mein Fleisch und mein Blut nämlich.«

»Soll das etwa heißen, dass du mich als dein persönliches Eigentum betrachtest? Warum legst du mich nicht gleich in Ketten?«

Matthias verschluckte einen tiefen Seufzer. »Er hätte mit mir reden können. War das denn zu viel verlangt? Auch ich habe damals den Vater deiner Mutter …«

»Das war zu deiner Zeit!«, unterbrach sie ihn unwirsch. »Jetzt leben wir in einer anderen. Heilige Jungfrau, kannst du das denn nicht verstehen? Leonhard wollte dir erst seine Tüchtigkeit beweisen, bevor er um meine Hand anhielt. Du warst sein Meister, vergiss das nicht.«

»Von seiner Tüchtigkeit war ich überzeugt. Doch seine Lauterkeit …«

»Von seiner Lauterkeit war *ich* überzeugt, Vater.«

»Aber du bist noch jung, Klara. Das Leben muss dich erst noch vieles lehren, bevor du …«

»Du weißt selbst, dass ich kein Kind mehr bin. Andere Frauen in meinem Alter sind längst unter der Haube – und wickeln ihre Kinder!«

»Wenn du selbst einst Kinder hast, wirst du rückblickend feststellen, dass ich nur dein Bestes im Sinn hatte.«

»Kinder? Von wem sollte ich wohl Kinder gebären, wo du doch offenbar keinen Mann in meine Nähe lassen willst?«

»Du übertreibst.« Er nahm seine Hand von ihrem Lockenkopf, als stünde ihr das nicht zu. »Eine ehrenhafte Brautwerbung! Das ist alles, was ich als dein Vater von einem Freier verlange. Und zwar, bevor er dir die Zunge in den Hals steckt. Oder womöglich noch ganz andere Dinge mit dir treibt.«

Klara war bleich geworden. »Was redest du da? Woher willst du das wissen?«

Matthias vermied es, sie anzusehen.

»Wer, zum Teufel, hat so etwas behauptet?«, schrie die Tochter ihn an.

»Was fluchst du da wie ein Kutscher?«, entgegnete Matthias nicht minder lautstark. »Und wie redest du überhaupt mit deinem Vater, der es doch nur gut mit dir meint?«

Klara erhob sich von ihrer Bettstatt und sah ihn mit einer Kälte an, die ihm beinahe das Herz brach.

»Würdest du es wirklich gut mit mir meinen«, sagte sie in einem nunmehr gedämpften Tonfall, »dann hättest du meinen Geliebten nicht wie einen gemeinen Strauchdieb aus der Stadt gejagt.«

Ohne ein weiteres Wort stolzierte sie zur Tür hinaus. Zurück blieb ein mit sich selbst hadernder Matthias, der einmal mehr die beiden wilden Männer verfluchte, unter deren Einfluss er zu stehen glaubte.

Kapitel 9

Leonhards Hand zitterte immer noch. Zwecklos, dagegen anzukämpfen. Zwecklos auch, die mahnende Stimme zu erhören, die von irgendwoher auf ihn einredete. In seinem Kopf war innerhalb von nur wenigen Augenblicken ein Plan gereift, der nur durch das plötzlich einsetzende Jüngste Gericht hätte vereitelt werden können.

Der Schlüssel fühlte sich kalt an, kalt wie Eis. Langsam, unendlich langsam begann er sich zwischen Leonhards Fingern zu drehen. Klirren. Dann ein Klicken. Leonhard hielt die Luft an.

Er war allein in der Kirche. Mutterseelenallein. Dennoch warf Leonhard verstohlene Blicke über seine Schultern. Das Herz pochte ihm bis zum Hals.

Behutsam zog er an den beiden Gittern, die sich mit erstaunlicher Leichtigkeit bewegen ließen. Die Scharniere quietschten nicht, alles war so einfach. Vor ihm offenbarte sich ein kleiner seidener Vorhang.

Das Zittern ließ nach. Kühle Entschlossenheit erfüllte Leonhard, während die mahnende Stimme nur noch aus einer weiten Ferne zu kommen schien. Mit beiden Händen griff er in den Vorhang und schob ihn beiseite. Das Reliquiar vor seinen Augen glitzerte im einfallenden Licht.

Mit einer andächtigen Bewegung griff Leonhard nach der Büste und nahm sie an sich. Sie war leicht, viel leichter, als er angenommen hatte. Vergoldetes Silber. Die Großmutter unseres Herrn Jesus! Sie schien ihn anzuschauen.

Das Gesicht der Anna, umrahmt von einem Kopfschleier, der vom Haar der Heiligen nur zwei Locken preisgab, war keineswegs das Gesicht einer Greisin, es war jugendlich und schön. Einen schwindelerregenden Moment lang glaubte Leonhard, in Klaras Gesicht zu schauen. Lächelte sie ihn an?

Er stellte die Büste vorsichtig auf den Boden und begann, eine kreisförmige Einfassung auf ihrem Kopf bedächtig loszuschrauben. Endlose Minuten verstrichen. Dann – Leonhard stockte erneut der Atem – gab die entstandene Öffnung im Reliquiar die Sicht auf die eigentliche Reliquie frei.

Das Haupt der Anna.

Hierbei handelte es sich nicht um einen vollständigen menschlichen Schädel. Genau genommen sah Leonhard nur das Fragment einer Schädeldecke, kaum größer als sein Handteller. Doch er war zu ergriffen, um darüber enttäuscht zu sein. Vor ihm lag ein Stück Knochen, das einst ein Teil der Marienmutter gewesen war. Und Maria hatte bekanntermaßen den Erlöser geboren. Vor ihm lag ein Teil seines Glaubensursprungs, ein Stück der Erlösung, auf die die Menschheit hoffte. Ein winziges Stück des Heils.

Erlösung und Heil! Ob die heilige Anna dies bewirken konnte? Wenn schon nicht für die gesamte Menschheit, so doch wenigstens für ihn, Leonhard?

Dennoch musste er etwas Mut sammeln, um nach der Hirnschale zu greifen. Als er sie berührte, durchströmte ihn eine eigenartige Energie, als krabbelten Kolonnen von Ameisen durch die Blutbahnen seines Körpers. Doch wenigstens schoss kein Blitz von oben herab, um den Frevler auf der Stelle zu richten. Das machte ihm Mut.

Er nahm also die Reliquie an sich und wickelte sie – nur mit seinen Fingerspitzen arbeitend – in ein Tuch, das er aus seinem Bündel geholt hatte. Vorsichtig verstaute er sein Diebesgut.

Diebesgut?

Erst jetzt bemerkte Leonhard die Schweißperlen, die von seinen Schläfen rannen. War aus ihm ein gemeiner Dieb geworden? Nun, noch konnte er den Diebstahl ungeschehen machen, indem er das Annahaupt in sein Reliquiar zurücklegte und dieses wieder an seinen Platz stellte. Niemand würde jemals davon erfahren. Unbescholten bleiben würde er. Ein junger Mann, den jedermann mochte. Doch was nützte ihm das, wenn er Klara niemals wiedersah? Anna konnte ihm helfen, sein Schicksal zu wenden. Die Marienmutter konnte ihm Klara zurückgeben. Nein, er würde ihr Haupt nicht wieder in die Grabwölbung betten. Er würde es mit nach Düren nehmen.

Er schraubte die nunmehr leere Einfassung wieder auf die Büste. Noch immer schien das Frauengesicht zu lächeln. Nichts, was auf einen Frevel schließen ließ. Vielleicht, so sprach Leonhard zu sich, ist es gar ihr Wille, nach Düren zu kommen?

Er stellte das Reliquiar zurück auf seinen Platz, zog den Seidenstoff davor und schloss die Gittertür. Mit einer Bewegung, die etwas Endgültiges hatte, drehte er den Schlüssel. Alles war wieder so wie zuvor. Niemand konnte ahnen, was hier geschehen war. Dann kam ihm die Eingebung, dass den Männern – so wie zunächst auch ihm – die Unachtsamkeit des Dechanten gewiss entgangen war. Würden sie den Schlüssel entdecken, konnten sie daraus ihre Folgerungen ziehen. Also zog er ihn aus dem Schloss und versteckte ihn unter einem zusammengefalteten Tuch, das auf dem Altar lag.

Er griff nach seinem Bündel und verließ den Chor. Unten fiel ihm ein, dass er etwas vergessen hatte. Er drehte sich noch einmal um und machte eine Verbeugung vor dem Allerheiligsten, vermied es aber, dem Gekreuzigten, der in der Apsis schwebte, in die Augen zu schauen. Dann verließ er mit zügigen, doch keineswegs hastigen Schritten die Stephanskirche.

Der Stephansberg offenbarte einen Blick über die ganze Stadt. Ein Meer von Häusern und Gassen. So viel größer als das kleine Düren. Und im Nordosten der Rhein. Der größte Fluss, den Leonhard jemals gesehen hatte. Dort wollte er hin. In den Hafen. Diesmal galt es, einen Schiffer zu finden, der bereit war, ihn rheinabwärts mitzunehmen. Es war der schnellste Weg, um nach Köln zu gelangen. Und von Köln nach Düren war es nur noch eine knappe Tagesreise. Ein Katzensprung beinahe.

Es war regnerisch und kalt. Leonhard machte sich auf den Weg, bemüht, niemandem durch übertriebene Eile aufzufallen. Diese Sorge indessen war unbegründet, waren doch die Leute, denen er begegnete, zu sehr damit beschäftigt, nicht in die zahllosen Pfützen zu treten, von denen es in den Gassen nur so wimmelte. Auf dem Markt, gleich neben dem Dom, herrschte trotz des schlechten Wetters geschäftiges Treiben: Händler brüllten sich die Seele aus dem Leib, Weiber feilschten, Gänse schnatterten und Dentisten boten nicht minder lautstark ihre Dienste an. Kinder liefen johlend um die Wette und zogen sich den Unmut derer zu, die sie anrempelten.

Hoch oben, in den Türmen des Domes, erklangen ein paar dröhnende Glockenschläge, die Leonhard veranlassten, still für sich den Kopf zu schütteln.

Nein, ihr Glocken. Ihr könnt mich nicht einschüchtern. Was ich getan habe, habe ich getan! Es lässt sich nicht mehr rückgängig machen …

Sicherlich hatten Bruno, Johann und Pitt inzwischen ihre Mittagspause beendet. Was würden sie wohl denken, wenn sie Leonhard in der Stephanskirche nicht mehr antrafen? Merkwürdig erscheinen musste ihnen das allemal, hatte er doch sein gesamtes Werkzeug mit sich genommen. Ob ihnen der Diebstahl der Reliquie auffallen würde? Wahrscheinlich nicht, überlegte Leonhard, zumindest nicht sofort. Doch auszuschließen war es auch nicht ganz, vor allem, wenn sie den versteckten Schlüssel fanden. Leonhard verfluchte sich insgeheim, dass er in seiner Eile kein besseres Versteck gefunden hatte. Andererseits war er zuversichtlich, dass ihm seine Flucht gelingen würde, schließlich trug er das Haupt der heiligen Anna bei sich. Und die, redete er sich ein, war ihm wohlgesonnen. Deshalb hielt er es nicht für nötig, sein Schritttempo auf ein verräterisches Maß zu erhöhen.

Auf dem Heumarkt stritten sich ein Ablassprediger der Dominikaner und ein Bußprediger der Franziskaner. Eine belustigte Menge verfolgte den Disput der beiden Streithähne. Ein paar der Schimpfwörter, die sich die beiden an die Köpfe warfen, veranlassten eine Mutter, ihrem Kleinen die Hände auf die Ohren zu pressen.

Leonhard ging unbeirrt seinen Weg. Einem lumpigen Bettler, der wimmernd im Dreck der Straße kauerte, warf er eine Münze zu.

»Warum so mildtätig? Hast du ein schlechtes Gewissen?«, fragte ihn eine lästige Stimme aus seinem Inneren.

»Lass mich in Ruhe«, erwiderte Leonhard leise.

Endlich erreichte er das Fischtor, welches er tief durchatmend durchschritt. Geschafft! Vor ihm schimmerte das Blau des Flusses. Er wandte sich nach links, dorthin, wo unter hölzernen Kränen die Schiffer ihre Kähne anlegten.

Kapitel 10

Hallo! Ist da jemand an Bord?«

Zunächst hörte er nur das Plätschern des Wassers und das Knarren der Bohlen. Niemand schien an Deck zu sein. Offenbar hatte Leonhard den falschen Kahn angesteuert. Er schickte sich an, weiter den Pier hinabzuschlendern, als von oben eine quietschende Kajütentür zu hören war. Schlurfende Schritte näherten sich der Reling.

»Was willst du?«, fragte der dickliche Mann, der nun zum Vorschein kam und missmutig zu ihm herabblickte. Die wuchernden Stoppeln in seinem Gesicht ließen ihn noch mürrischer erscheinen.

»Seid Ihr der Kapitän?«

»Nein, ich bin der Papst. Was willst du?«

»Ihr fahrt rheinabwärts?«

»Ja, gleich morgen früh. Wieso willst du das wissen?«

»Bitte, nehmt mich mit!«

»Ich bin kein Fährmann, Bursche. Oder sieht mein Schiff vielleicht wie eine Fähre aus?«

»Ich würde es Euch gut entlohnen!«

»Hmmmh!« Der Schiffer kratzte sich nachdenklich am Kinn. »Natürlich würdest du das. Schließlich habe auch ich nichts zu verschenken. Wo willst du hin?«

»Nach Köln!«

»Was zahlst du mir?«

»Einen Silbergulden!«

»Zwei!«

»Na schön, dann eben zwei!«

»Zu zahlen im Voraus!«

Er warf ihm eine Strickleiter hinab. Ein wenig ungeschickt kletterte Leonhard, sein wertvolles Bündel an die Brust pressend, zum Deck empor. Endlich stand er vor dem Kapitän, den er um mehr als einen ganzen Kopf überragte. Leonhard roch die Weindünste, die ihn umgaben.

»Alsdann!« Der Kapitän streckte eine dreckstarrende Hand aus. »Zwei Gulden!«

Umständlich kramte Leonhard zwei Münzen hervor und reichte sie ihm. Der Schiffer unterzog sie einer eingehenden Prüfung, dann wandte er sich wieder dem Steinmetzen zu.

»Morgen früh«, sagte er. »Bei Sonnenaufgang bist du an Bord, verstanden? Sonst fahren wir ohne dich!«

Leonhard wippte verlegen mit einem Fuß. »Verzeiht mir, Herr Kapitän, aber …«

»Was denn?«

»Kann ich nicht jetzt schon an Bord bleiben?«

»Jetzt schon? Geh in die Stadt und tu dort, was du willst. Hier bist du nur im Weg.«

»Aber ich bin sehr müde und brauche Erholung.«

»Hast wohl Angst, wir könnten ohne dich ablegen, he?«

»Nein, das ist es nicht. Ich, äh …«

»Verstehe schon. Zeche geprellt oder Weibergeschichten, wahrscheinlich sogar beides! Verschon mich damit. Von mir aus verpiss dich in den Laderaum. Aber dass du mir keine langen Finger kriegst. Ich habe Salz geladen. Salz, verstehst du? Wenn ich merke, dass auch nur ein Körnchen fehlt, kastriere ich dich eigenhändig.«

Erleichtert ließ Leonhard sich über eine knirschende Stiege in den finsteren Laderaum führen, in den, wie es ihm schien, seit Jahren kein frischer Luftzug mehr gelangt war. Dennoch: Hier, zwischen Salzsäcken, Fässern und Rattenkot, war er endgültig in Sicherheit.

Dechant Fust war fassungslos. Unaufhörlich seinen Kopf schüttelnd, starrte er auf die leere Einlassung im Kopf der Büste, die den Namen Reliquiar nun kaum mehr verdiente. Endlich richtete er seinen Blick auf die drei Arbeiter, die wie begossene Pudel neben dem Altar standen.

»Wohin ist er gegangen, dieser Leonhard?«

»Wenn wir das nur wüssten«, erwiderte Bruno schulterzuckend. »Als wir von unserer Mittagspause zurückkehrten, war er schon weg. Nur durch Zufall fand Johann den Schlüssel unter dem Tuch, das er im ersten Moment für – verzeiht, äh – für einen Putzlumpen hielt. Dann ließen wir sogleich nach Euch rufen.«

»Ihr hättet ihn nicht alleine hier zurücklassen sollen.«

»Woher sollten wir wissen, was er im Schilde führte?«, wehrte sich Bruno. »Und außerdem«, setzte er nach einem tiefen Atemzug hinzu, »war es Eure eigene Vergesslichkeit, Herr Dechant, die ihm den Diebstahl ermöglichte, mit Verlaub.«

Fust bedachte ihn mit einem wütenden Blick, doch er unterließ es, den Steinmetz für seine unverschämte Äußerung zu maßregeln. Im Grund hatte er ja recht. Er, Fust, war schuld an der ganzen Sache. Einmal mehr in seinem Leben hatte er versagt. So, wie er auch in der Erziehung seines nichtsnutzigen Neffen versagt hatte. Was sollte er seine Wut darüber an den Arbeitern auslassen?

»Habt ihr eine Vermutung, wohin er mit dem Annahaupt gegangen sein könnte?«

Die drei sahen sich unschlüssig an.

»Vermutlich hat er die Stadt inzwischen verlassen«, sagte Pitt nach einer Weile.

»Aus Aachen kommt der Bursche, nicht wahr?«

Sie nickten.

Aachen!

Plötzlich kam es wie eine Erleuchtung über den Dechanten: *Das Haupt der heiligen Frau, das im Schlund des kaiserlichen Löwen verschwindet ...!*

Vor langer Zeit hatte er diese Vision gehabt. Vision? Oder war es bloß ein Traum gewesen? Jedenfalls hatte sich die Stimme, die er in jener Nacht vernommen zu haben glaubte, tief in sein Gedächtnis eingegraben. Klar und deutlich konnte er sie heute noch hören, als hätte er sie eben erst vernommen.

Das Haupt der heiligen Frau wird im Schlund des kaiserlichen Löwen verschwinden ...

Das Haupt der Anna war gemeint gewesen, was sonst? Und der Löwe? War kein anderer als Leonhard. Sicher, so musste es sein: Allein sein Name verriet ihn. Leonhard stammte aus Aachen, deshalb war in der Traumvision von einem kaiserlichen Löwen die Rede gewesen.

Fusts Herz raste wie verrückt. Endlich begriff er, warum ihn beim Anblick des jungen Steinmetzen dieses eigenartige Unbehagen erfasst hatte.

Schluss mit diesen unfruchtbaren Gedanken, die mir womöglich Satan selbst eingegeben hat, schalt Fust sich im Stillen. Nun waren Taten gefragt, keine abstrakten Deutungen längst geträumter Träume. Die Suche nach dem Dieb musste unverzüglich in die Wege geleitet werden. Noch konnte der Aachener nicht weit gekommen sein.

Fust nickte den drei Steinmetzen kurz zu und verließ mit neuer Entschlossenheit das Gotteshaus.

»Schöner Mist«, meinte Johann. »Und wir sollen wieder mal schuld sein.«

»Ein Teufelskerl!«, sagte Bruno. Es klang nach Bewunderung.

»Wen meinst du?«

»Den Leonhard natürlich. Hatte es faustdick hinter den Ohren, der Junge. Oder hättet ihr ihm diese Kaltschnäuzigkeit etwa zugetraut?«

»Woher? Er schien lammfromm zu sein, wie ein Heiliger.«

»Der Dechant wird nach ihm suchen lassen. Wie einen Meuchelmörder wird man ihn verfolgen.«

»Hätten wir ihm nicht von Leos großer Liebe erzählen müssen? Von dieser Klara aus Düren?«

»Nein. Warum sollten wir ihnen die Suche erleichtern?« Bruno sah seine Kameraden der Reihe nach an. »Was denkt ihr? Ist der Junge schlau genug, seinen Verfolgern ein Schnippchen zu schlagen?«

»Auf alle Fälle sollten wir ihm die Daumen drücken«, flüsterte Pitt und lächelte verschlagen.

»He, ihr da oben!«

Der Landsknecht pochte mit dem Holz seiner Hellebarde gegen das Holz des Schiffes.

»He, Bootsmann! Wo steckt ihr verdammten Wasserratten?«

»Was zum Henker ist denn jetzt schon wieder los?«, brummte der Kapitän und torkelte aus seiner Kajüte. In seiner Rechten schwappte es aus einem Krug. Mühsam spähte er in die Dämmerung. Endlich nahm er den Schemen des geharnischten Soldaten wahr, der da unten am Pier zu ihm hinaufstarrte. Neben der Hellebarde war er mit einer Hakenbüchse bewaffnet, die lässig an seinem Gürtel baumelte.

»Du hast mich gerufen, Kamerad?«

»Bist du alleine auf dem Schiff?«

»Nein, die Königin von Aragon ist auch hier!«

»Wo ist deine Mannschaft?«

»Dreimal darfst du raten, Kamerad.«

»Antworte, du versoffener Dummkopf.«

»Wo werden sie schon sein? In der Stadt! Saufen! Huren! Würfelspiel! Du stellst vielleicht Fragen. Bis zum Morgengrauen dürfen sie tun, was ihnen gefällt.«

»Ist dir vielleicht ein junger Steinmetz begegnet? Nicht viel älter als zwanzig Lenze! Stattlicher Körperbau! Kastanienbraunes Haar!«

Der Kapitän stutzte. »Was ist mit ihm? Hat er jemanden …« Er fuhr mit einem Finger über seinen Hals und präsentierte eine borkige Zunge.

»Geklaut hat der Bursche. Hast du ihn nun gesehen oder nicht?«

»Nein, gewiss nicht.« Er nahm einen Schluck aus seinem Krug und rülpste. »Was hat er denn geklaut?«, fragte er scheinbar unbeteiligt.

»Dem Bischof einen Popel aus der Nase!« Der Landsknecht machte eine unanständige Geste mit der Hand und marschierte zum nächsten Kahn.

»Sieh mal einer an«, murmelte der Kapitän zu sich selbst, »es dürfte sich wohl kaum um ein paar Äpfel handeln, die der Bursche da unten in seinem Bündel hat. Wenn man schon die Stadtsöldner auf die Suche schickt …«

Erneut gönnte er sich einen ordentlichen Schluck. Dann schwankte er zurück in seine Kajüte und beschloss, vorerst nicht weiterzutrinken, da er sich einen kühlen Kopf wünschte: Heute Nacht, wenn sein Passagier schlief, würde er erkunden, was sich da so Wertvolles in diesem Bündel befand.

Kapitel 11

Dunkle Wolkenbänder verdeckten den Mond, auch Sterne wollten sich in dieser dunklen Nacht nicht zeigen. Die Planken des Kahns quietschten und ächzten unter den leichten Schaukelbewegungen, die der Fluss hervorrief. Der Geruch von fauligem Fisch, der von den Netzen am Kai emporstieg, vermischte sich mit der Kühle der Nacht. Den Kapitän freilich störte dies nicht, war doch seine Nase im Laufe der Zeit abgestumpft.

Ganz andere Gedanken schwirrten durch seinen aufgedunsenen Kopf: Was hatte der Bursche, der da unten in seinem Laderaum lag und sich nicht gescheut hatte, ein horrendes Fährgeld zu entrichten, was hatte dieser Bursche wohl in seinem Bündel: Gold? Edelsteine? Juwelen? Und wen hatte er darum erleichtert? Es musste sich um eine Angelegenheit von größter Brisanz handeln. Einem gemeinen Spitzbuben schickte man jedenfalls keinen Landsknecht auf die Fersen.

Er stierte in das flackernde Kerzenlicht. Seit Stunden hatte er nicht mehr an seinem Krug genippt, was er inzwischen durchaus zu spüren begann. Eine notorische Unruhe erfüllte ihn. Seine Hände wollten zittern. Aber das konnte auch nur ein Zeichen seiner Ungeduld sein. Oder der Kälte, die ihm sonst eher wenig ausmachte. Er beschloss, sein Warten nunmehr zu beenden. Mitternacht war längst vorüber. Sicher lag der Bursche da unten inzwischen in tiefsten Träumen.

»Wollen wir doch mal sehen, was du da geklaut hast, mein reisender Gast«, brummte er vor sich hin. Aus einer hölzernen Truhe holte er einen Dolch hervor, den er prüfend musterte, bevor er ihn an seinen Gürtel steckte. Dann griff er nach der Kerze und verließ leise die Kajüte.

Leonhard steht vor dem eisernen Gitter, durch das ihn die Büste der schönen Heiligen anlächelt.

»Wer bist du?«, fragt ihre weiche, sanfte Stimme.

»Ich bin Leonhard«, antwortet er.

»Was hast du vor?«

Sein Herz stolpert. »Euer Haupt …«, sagt er zögerlich. »Ich will es haben!«

Anna lächelt noch immer. »Mein Haupt? Was willst du mit meinem Haupt?«

»Ich will es nach Düren bringen!«

»Weshalb?«

Er schluckt, doch er ist bereit, die Wahrheit zu sagen. »Ein Held will ich werden!«

»Ein Held? Eigentlich machst du auf mich einen sehr bescheidenen Eindruck. Was treibt dich also, ein Held zu sein?«

Er fühlt sich unbehaglich, hundeelend. »Jedenfalls nicht mein Stolz, heilige Frau.«

»Sondern? Die Liebe vielleicht?«

Er nickt und senkt seinen Kopf.

»Erzähl mir von dieser Liebe!«, fordert die Stimme der Heiligen.

»Sie heißt Klara. Mein Leben würde ich für sie geben. Doch ihr Vater hat mich aus der Stadt gejagt.«

»Das tut mir sehr leid für dich. Die Liebe ist das größte Geschenk, das dem Menschen zuteil werden kann. Doch was hat diese tragische Angelegenheit mit meinem Haupt zu tun?«

Leonhard fuchtelt nervös mit seinen Fingern. »Wenn ich es nach Düren bringe«, stammelt er, »werde ich dort ein Held sein. Das Haupt der Marienmutter! Welche Stadt im Reich kann von sich behaupten, eine derartige Kostbarkeit in ihren Mauern zu bergen?«

»Ich verstehe. Und einen Helden jagt man nicht wieder aus der Stadt.«

»Das ist mein Gedanke, heilige Frau.«

»Selbst der Vater deiner Angebeteten wird das einsehen müssen.«

»Ja, heilige Frau.« Ihre Worte ermuntern ihn. Er tastet nach dem Schlüssel im Schloss und öffnet das Gitter. Doch noch zögert er, die Büste an sich zu nehmen. Auf der Stirn der Anna glaubt er nunmehr ein paar Runzeln zu erkennen.

»Auch die Mainzer verehren mich«, sagt sie nachdrücklich.

Wieder will er schlucken, doch ein Kloß blockiert seine Kehle. Mühsam ringt er nach Worten.

»Niemand wird Euch mehr verehren als die Dürener!«

»Glaubst du? Was macht dich da so sicher?«

»Sie bauen ein prächtiges Gotteshaus. Doch fehlt es noch an echten Heiligtümern, um ihm wahren Glanz zu verleihen.«

»Glanz? Bedarf der Glaube denn des Glanzes?«

Verlegen kratzt er sich am Kopf. »Gewiss nicht, heilige Frau. Doch vielleicht verhilft er uns zu größerer Frömmigkeit. So sind wir nun mal, wir Menschen.«

»Ach so.« Die Marienmutter nickt verstehend. »Dennoch: Du willst den Mainzern einfach mein Haupt wegnehmen?«

»Ich … ich glaube, dass es der Wille unseres Heilandes ist!«

Noch immer sind die Runzeln nicht von der Stirn der Heiligen verschwunden. »Bist du sicher, dass es der Wille des Heilandes ist? Oder nicht vielmehr dein eigener Wille? Um deine Klara wieder in die Arme schließen zu können?«

»Möglicherweise bin ich ja sein Werkzeug!« Er lächelt verkrampft und greift endlich nach der Büste. Ihren Blick meidet er.

»Sein Werkzeug«, wiederholt sie nachdenklich seine Worte, während er sich an ihrer Schädeldecke zu schaffen macht, um an die Reliquie zu gelangen. »Möglicherweise bist du sein

Werkzeug«, sagt sie noch einmal. »Möglicherweise aber auch nicht.«

Leonhard hält verunsichert inne. »Sagt Ihr mir, ob ich sein Werkzeug bin!«

»Ich soll es dir sagen?«

Flehend schaut er ihr nun in die Augen. »Ihr seid eine Heilige! Kennt Ihr nicht den Willen des Herrn? Bin ich sein Werkzeug oder bin ich es nicht?«

Endlich heben sich ihre Mundwinkel wieder zu einem Lächeln. Noch immer liegt dieser rätselhafte Schleier über ihrem hübschen Antlitz. »Und würde ich dir sagen, dass es nicht sein Wille ist – würdest du mein Haupt dann zurück in die Wölbung stellen, die du selbst ummauert hast?«

»Ja«, erwidert Leonhard entschlossen. »Das würde ich tun!«

»Wenn du aber nur nach meinen Worten handelst, kann man wohl schwerlich von einer göttlichen Eingebung sprechen, findest du nicht?«

Leonhard seufzt. Vor ihm kommt die Reliquie zum Vorschein. »Warum macht Ihr es mir so schwer, heilige Anna?«

»Verzeih mir, es lag mir fern, dich zu verunsichern. Fortan werde ich schweigen.«

Noch einmal seufzt er aus tiefstem Herzen und greift nach dem Knochenstück. Da ist es ihm, als stünde jemand hinter ihm. Geräusche! Gedämpft zwar, doch er hört sie ganz deutlich. Eine siedend heiße Welle fährt durch seinen Körper. Schweißperlen bedecken seine Stirn. Erwachend schnellt sein Oberkörper in die Höhe.

Flackerndes, spärliches Kerzenlicht.

Es dauerte einen Moment, bis Leonhard begriff, wo er sich befand. Dann sah er den Mann, der neben ihm kniete und ihn erschrocken, aber wachsam anstarrte. Ausgebreitet vor ihm lagen die Habseligkeiten aus Leonhards Bündel.

»Was macht Ihr da?«, fauchte er den Kapitän an.

Dessen feistes Gesicht verzog sich zu einem schmierigen Grinsen. »Nur die Ruhe, Bürschchen. Mir hast du es zu verdanken, dass sie dich nicht längst schon geschnappt haben.«

»Ich weiß nicht, wovon Ihr redet!« Verstohlen linste er nach der Reliquie, die der Kapitän aus dem Tuch gewickelt hatte und nun belanglos neben seinen Werkzeugen lag.

»So, weißt es nicht, he? Wohl keine Ahnung, warum sogar die Söldner der Stadt nach dir suchen, he?«

»Nein, gewiss nicht. Ihr müsst mich verwechseln.«

»Oh nein!« Der Kapitän wedelte mit einem Zeigefinger, der nur noch ein halber Stumpf war. »Ich bin nicht so dämlich, wie du glaubst. Du kamst mir gleich verdächtig vor.«

»Aber ich sagte Euch doch …«

»Maul halten! Du hast was auf dem Kerbholz, das steht fest. Was hast du denn Schönes mitgehen lassen?« Er betrachtete die Utensilien vor seinen Knien. »Sicherlich verfolgen sie dich nicht wegen einer gestohlenen Maurerkelle! Also, wo hast du's versteckt?«

»Alles, was ich besitze, seht Ihr dort vor Euch liegen.«

Der Kapitän schob sein stoppeliges Kinn nach vorne. »Hör mir mal gut zu, Bürschchen: Entweder du sagst mir, was es ist, oder ich verpfeife dich. Dann kommst du in den Turm, verstehst du? Oder an den Pranger: auch nicht schlecht, he? Oder sie schneiden dir gleich das Gekröse aus dem Bauch.«

»Jetzt langt's mir!« Leonhard machte Anstalten, sich zu erheben. »Ihr habt kein Recht …«

Die Spitze eines Dolches blitzte ihm entgegen und ließ ihn innehalten.

»Langsam, Freundchen«, sagte der Kapitän drohend. »Setz dich wieder auf deinen Hintern!«

Leonhard gehorchte, ließ jedoch die Reliquie nicht aus seinen Augen.

»Also, noch mal von vorne: Bist ein mieser Dieb und hast einen dicken Fisch an Land gezogen, willst dem guten Nico aber nicht sagen, wo du ihn versteckt hast. Hmmh! Das wird ein schlimmes Ende mit dir nehmen.« Er griff kopfschüttelnd nach der Reliquie und betrachtete sie zwischen seinen Fingern. »Was ist das hier eigentlich? Hast du deine Großmutter auf dem Friedhof ausgebuddelt?«

»Legt das wieder weg!«, bellte Leonhard. Erneut hinderte ihn der ausgestreckte Dolch des Kapitäns am Aufstehen.

»Huch, sieh einer an, dieser beschissene Knochen scheint es dir ja angetan zu haben.«

»Bitte, legt ihn wieder hin!«

»Was ist denn so Besonderes daran, he?«

»Es ... es ist in der Tat meine Großmutter.«

»So?« Er lachte hämisch und wiegte den Knochen in seiner Hand. »Was hältst du davon, wenn wir deine Großmutter mit einer würdigen Bestattung ehren? Wäre der Rhein nicht ein angemessenes Grab für sie?«

»Untersteht Euch!« Leonhard fühlte Panik in sich aufsteigen.

»Schon gut, schon gut!« Der Kapitän machte eine übertriebene Geste mit seiner Hand. »Lassen wir das mit der Wasserbestattung. Vorausgesetzt«, er hob seine Stimme wie zu einer Drohung, »vorausgesetzt, du sagst mir endlich, wohin du deine Beute in Sicherheit gebracht hast.«

»Also schön.«

»Siehst du, warum nicht gleich so?«

»Aber zuerst gebt mir den Knochen!«

»Scheinst mich immer noch für äußerst dämlich zu halten, he? Gebe ich dir den Knochen, hüpfst du davon wie eine Hure vor dem Beichtstuhl. Nein, nein«, er ließ die Reliquie in einer

Innentasche seines Wamses verschwinden, »zuerst wirst du mir deine Kostbarkeiten zeigen. Und wenn du schön artig bist, darfst du auch was davon behalten.«

Das Gefühl der Panik in Leonhard wurde immer größer. »Wer sagt mir, dass Ihr Wort haltet?«

»Was bleibt dir wohl übrig, als mir zu vertrauen? Denn sonst sitzt du bald im Turm!« Er grinste schief.

Leonhard sammelte jeglichen Mut, den seine Seele hergab.

Das Haupt der Anna! Es wird mir beistehen!

Er erhob sich von seiner Liegestatt.

»Schön langsam«, warnte der Kapitän.

»Ja, schön langsam«, erwiderte Leonhard und holte im nächsten Augenblick zu einem gewaltigen Tritt aus. Der Kapitän aber erkannte rechtzeitig seine Absicht und wich zurück. Leonhards Tritt ging ins Leere. Seine Panik war indessen blankem Zorn gewichen.

Nicht weniger zornig war das Funkeln in den Augen des anderen, der ihm lauernd – den Dolch mit erstaunlicher Geschicklichkeit von einer Hand in die andere werfend – den Fluchtweg verbaute. Doch an Flucht dachte Leonhard ohnehin nicht. Nicht, bevor er das Haupt der Anna wieder in seinen Händen hielt.

»Du miese kleine Ratte«, sagte der Kapitän und entblößte löchrige Zähne. »Das wirst du bereuen!«

Leonhard tänzelte vor ihm her. Keine Sekunde lang ließ er den Dolch aus den Augen. Er straffte seine Brust – immerhin war er kräftiger als der Bootsmann – und versuchte, sich auf diese Weise Respekt zu verschaffen. Mit tippelnden Bewegungen näherte er sich allmählich seinem Gegenüber. Dieser schien vom plötzlichen Mut des Steinmetzen tatsächlich eingeschüchtert zu sein und zog es vor, mit der gleichen Geschwindigkeit zurückzuweichen. Warum ein Risiko eingehen, wenn der andere doch waffenlos war?

Leonhard erspähte den Salzsack, der – offenbar vom Stapel der anderen gerutscht – nur noch eine Elle hinter den Füßen des Kapitäns auf den Planken lag. Dieser Sack war seine Chance.

Das Haupt der Anna!

Leonhard deutete eine abrupte Vorwärtsbewegung an. Seine Absicht ging auf. Wieder wich der Kapitän zurück, und der Salzsack wurde zum Stolperstein! Rücklings klatschte er auf den Boden. Einen gotteslästerlichen Fluch ausstoßend, versuchte er sich aufzurappeln, doch augenblicklich sah er den wutschäumenden Leonhard über sich. Mit einer reflexartigen Bewegung riss er den Dolch in die Höhe.

Zunächst spürte Leonhard den Schmerz nicht. Erst als er sein Blut in das Gesicht des Kapitäns spritzen sah, wusste er, dass der Dolch ihn verletzt hatte. Der Stoff seines Wamses über der rechten Schulter färbte sich rot. Doch dies verlieh ihm in seiner Wut animalische Kräfte: Wie ein Berserker begann er, auf den am Boden Liegenden einzudreschen, der keuchend nach dem Dolch tastete, welcher seinen Händen entglitten war. Ein Schlag gegen sein Kinn machte den Kapitän schließlich kampfunfähig. Wie leblos streckte er alle viere von sich und stöhnte nicht einmal mehr.

Leonhard schnappte nach Luft. Jetzt erst spürte er den stechenden Schmerz in seiner Schulter. Hastig durchsuchte er das Wams des Bewusstlosen, bis er die Reliquie endlich wieder in seinen Händen hielt. Dann stand er auf und kehrte zu seinen Habseligkeiten zurück, die er wieder in sein Bündel packte. Weg von hier, ratterte es durch seinen Kopf.

Als er den Laderaum verlassen wollte, durchfuhr ihn der nächste Schreck. Wieder versperrte ihm der Kapitän breitbeinig den Weg. Aus seiner Nase tropfte Blut und in seiner Hand zitterte der Dolch. Leonhard verfluchte sich, weil er es versäumt hatte, diesen an sich zu nehmen.

»Oh! Seid Ihr von den Toten auferstanden?«, gluckste der Steinmetz.

»Was man von dir gleich nicht behaupten kann«, kam es tonlos zurück.

»Äh …, schaut doch mal hinter Euch!«

»Zum letzten Mal, ich bin nicht dämlich, Bürschchen!«

»Also gut, ich zeige Euch den Schatz, den ich gestohlen habe. Ich habe ihn verbuddelt. Vor den Toren der Stadt.«

»Scheiß auf den Schatz. Lasse mich nicht noch einmal von dir hinters Licht führen.«

Fieberhaft überlegte Leonhard, wie das Glück sich ein weiteres Mal auf seine Seite zwingen ließ. Während der Kapitän ihm Drohungen und Verwünschungen entgegenstieß, ließ er seinen Blick schweifen.

Da! Der Salzsack, der ihm vorhin noch als Kissen gedient hatte! Durch einen Riss hatte das Salz sich einen Weg ins Freie gebahnt. Noch einmal galt es, den immer heftiger werdenden Schmerz in seiner Schulter zu ignorieren. Mit einer behänden Bewegung bückte er sich, griff in das Salz, stürmte voran und schmiss es seinem Bedroher ins Gesicht.

Der Kapitän heulte auf vor Schmerz. Er presste eine Hand auf seine Augen und war dennoch nicht bereit, den Fluchtweg freizugeben. Blindlings, den Dolch wie eine Sichel in alle Richtungen schwingend, taumelte er vorwärts, um dem Unverschämten seine verdiente Strafe in die Brust zu stoßen.

Leonhard wich ihm aus, indem er auf eines der Fässer sprang. Von dort aus wagte er einen Hechtsprung und landete in einem Stapel Säcke. Der Kapitän, immer noch blind und fluchend, rotierte wild um die eigene Achse.

Plötzlich nahm Leonhard Brandgeruch wahr.

»Ihr habt die Kerze umgestoßen!«, rief er entsetzt. Die Helligkeit im Laderaum nahm schlagartig zu. Beißender Rauch breitete sich aus.

Der Kapitän schien immer noch nicht begriffen zu haben, was geschehen war. »Wo bist du, Dreckskerl?«

»Um Himmels willen, wir müssen hier raus! Kommt, ich führe Euch!«

Leonhard nahm Abstand von seinem Vorhaben, als er sah, dass der blindwütige Kapitän unverzagt seinen Dolch schwang. Fassungslos stürmte Leonhard an ihm vorbei, erreichte die Stiege und schließlich das Deck. Dann schwang er sich mit einem letzten Kraftakt über die Reling.

Er schien in einen unendlichen Abgrund zu fallen. Endlich aber – nach einer Ewigkeit, wie es ihm vorkam – beendete ein schmerzhafter Aufprall seinen Sturz. Leonhards linker Knöchel knickte weg wie ein dürrer Zweig. Er hätte laut schreien mögen. Hinter sich hörte er das Knistern und Prasseln des Feuers. Die Reliquie! Er griff nach dem Bündel, das den Sprung unversehrt überstanden hatte. Ein dankbares Stoßgebet murmelnd, humpelte er davon.

Als er die helle Glocke hinter sich vernahm, die mit aufgeregten Schlägen Feuer meldete, war er bereits dem Blickfeld der Herbeieilenden entschwunden.

Kapitel 12

Was? Den Walter?«

Beinahe wäre Klara an einem Löffel Hirsebrei erstickt.

»Ja, ebendiesen«, nickte ihr Vater trotzig.

»Und er will mich mit Flötenspiel erheitern?«, fragte Klara hustend, die Schale mit dem Brei nun weit von sich schiebend, als sei ihr der Appetit vergangen.

»Warum denn nicht?«

»Beinahe scheint es mir so, als wolltest du mich mit ihm verbändeln!«

»Wer redet von Verbändeln«, wiegelte Matthias ab. »Doch du musst zugeben, dass er ein tüchtiger Geselle ist.«

»Ein seltsamer Mensch ist er, der einem nie in die Augen sieht. Verschlagen wirkt er!«

»Für sein Äußeres kann er nichts.«

»Dennoch will ich sein Flötenspiel nicht hören! Verstehst du? Ich will es nicht!«

Matthias breitete hilflos die Arme aus. »Verbiete ich dir den Umgang mit Männern, spielst du die Beleidigte. Ermuntere ich dich aber, deine Zeit einem ehrenhaften Burschen zu widmen, so ist es auch nicht recht. Was willst du eigentlich?«

»Was ich will?« Klara beugte ihren Oberkörper über den Tisch und sah dem Vater geradewegs in die Augen. »Ich will Leonhard!«

»Fang nicht schon wieder damit an. Leonhard ist fort.«

»Ja, weil du ihn aus der Stadt gejagt hast!«

»Darüber haben wir oft genug gesprochen.«

»Was hättest wohl du seinerzeit getan, hätte jemand versucht, dir meine Mutter auszureden?«

»Schweig jetzt! Allmählich bin ich deine vorlauten Sprüche leid. So redet man nicht mit seinem Vater, merk dir das! Ehren solltest du mich, so wie es in der Schrift verlangt wird.«

Klara verschränkte ihre Arme und starrte zur Wand. Ihr Vater widmete sich wieder seinem Frühstück. Nach einer Weile, die sie stumm dagesessen hatten, erhob sich Matthias.

»Solltest du mich suchen – ich bin in der Bauhütte«, verkündete er mit metallischer Stimme.

»Sicher. Wo auch sonst?«

»Und solltest du dir die Sache mit Walter noch einmal überlegen, kannst du mich gerne darauf ansprechen!« Mit diesen Worten verließ er das Haus.

Klara sah ihm mit düsterer Miene hinterher. »Walter kann sich seine Flöte an die Backe nageln«, murmelte sie.

Erzbischof Berthold von Henneberg hatte die drei Männer, die seine Amtsstube in der Martinsburg betreten hatten, längst zur Kenntnis genommen. Allerdings machte er sich noch nicht die Mühe, seinen Blick von dem Papier zu lösen, das ausgebreitet vor ihm auf dem Pult lag.

Die drei stellten sich in einer Reihe vor ihm auf – den Kopf ehrfürchtig gesenkt – und warteten geduldig, bis der Bischof Zeit für sie fand. Am Morgen hatte man um eine Audienz nachgefragt; zur Antwort hatten sie erhalten, dass sie ohnehin bald geladen worden wären. Nun also standen sie vor ihm.

Dechant Fust musterte den Bischof heimlich. Selten hatte er den Bischof barhäuptig gesehen. Stahlgraues Haar umgab eine – freilich durch die Natur entstandene – Tonsur auf seinem Kopf. Eine gebogene Nase verlieh ihm etwas Raubvogelhaftes. Seine Hände waren gichtknotig; dennoch führte er mit erstaunlicher Leichtigkeit einen Schreibkiel. Schließlich legte er diesen beiseite und warf einen letzten Blick auf das Geschriebene, bevor er den Eingetretenen endlich seine Aufmerksamkeit schenkte.

»Ah, der Dechant vom Stephansstift«, sagte er mit einer Stimme, die milder war, als sein strenges Äußeres hätte vermuten lassen können. »Kantor und Kanonikus hat er gleich zu seiner Verstärkung mitgebracht!«

Fusts Begleiter machten eine Verbeugung und schickten sich an, den Ring des Bischofs zu küssen. Doch der winkte ab.

»Lassen wir das heute. Unsere Zeit ist begrenzt.« Obwohl

seine Stimme nach wie vor etwas Begütigendes hatte, ließen seine bislang gesprochenen Worte nicht gerade darauf schließen, dass er die drei Männer demnächst für eine Seligsprechung empfehlen werde. »Nun, ich höre, Herr Dechant.«

Fust räusperte sich. »Exzellenz, Ihr wisst, was uns zu Euch führt. Ganz Mainz weiß es bereits.«

»Das kann man wohl sagen!«

»Der Raub des Annahauptes ist eine Katastrophe für uns und für die Stadt. Ein Sakrileg ohnegleichen.«

»Umso ärgerlicher, dass dieser Diebstahl durch grobe Fahrlässigkeit geschehen konnte. Habt Ihr die unaufmerksamen Maurer wenigstens in Haft setzen lassen, Herr Dechant?«

Es war eine Fangfrage, Fust wusste es. Längst hatte es sich herumgesprochen, dass der Raub eine Folge von Fusts Vergesslichkeit gewesen war: Dafür hatten schon die Maurer in ihrem eigenen Interesse gesorgt. Dass der Bischof ihm nun diese Frage stellte, um seine Ehrlichkeit zu prüfen, zeigte nur, dass man vor ihm auf der Hut sein musste. Doch Fust hatte ohnehin nicht vorgehabt, ihn zu belügen. Wahrheit war schon immer sein oberstes Gebot gewesen.

»Die Maurer sind schuldlos, Exzellenz. Ich war es, der den Schlüssel stecken ließ!«

»Soso.« Berthold von Henneberg betrachtete seine Fingernägel. »Und was nun?«, fragte er nach einer Weile.

»Exzellenz, tagelang haben wir die Stadt und ihre unmittelbare Umgebung nach dem Dieb durchkämmen lassen – erfolglos! Die Reliquie aber muss zurück nach Mainz, wo sie hingehört!«

»Tja, aber wie? Wisst Ihr denn, wo der Dieb hingegangen ist?«

»Nein, aber es ist zu vermuten, dass er nordwärts geflüchtet ist, Richtung Aachen, denn dort ist seine Heimat.«

»Kann es nicht ebenso gut sein, dass er sich nach Süden gewendet hat? Schließlich muss ihm doch bewusst sein, dass man ihm bis Aachen nachstellen könnte.«

»Nun, inzwischen bin ich mir sicher, dass er zurück in seine Heimat will. Der Spitalmeister der Stadt – ein scharfsinniger Mann, Ihr kennt ihn – ließ mir gestern ausrichten, dass in seiner Einrichtung ein Kranker darniederliege. Dieser gebe im Fieberwahn höchst aufschlussreiche Dinge preis, die möglicherweise mit dem Raub der Reliquie zusammenhingen. Sogleich bin ich hingeeilt, um besagten Mann aufzusuchen. Es handelte sich um einen Schiffer, der sich beim Brand seines Kahns schwerste Verbrennungen zuzog. Nur unter größten Schmerzen konnte er sprechen. Ausgelöst hatte das Inferno ein junger Mann, den der Ärmste gutmütigerweise mit nach Köln hatte nehmen wollen. Der junge Mann entpuppte sich jedoch als gemeiner Dieb. Und in seinem Bündel – so der Schiffer – habe sich ein seltsamer Knochen befunden, von dem er behauptete, es sei die Schädeldecke seiner Großmutter.«

»Das ist er«, nickte der Bischof.

»Ich möchte mich selbst auf die Reise nach Aachen begeben, Exzellenz, und bitte um Euren Segen.«

»Ihr selbst?« Der Bischof hob eine Augenbraue.

»Warum nicht?«

»Ihr seid nicht mehr der Jüngste, Herr Dechant. Und bis Köln oder Aachen ist es ein weiter Weg, selbst für einen jungen Menschen mit allerlei Mühsal verbunden.«

»Aber es ist mehr als nur ein Wunsch von mir, das Annahaupt zurück nach Mainz zu holen: Es ist eine Mission! Durch meine Schuld nur konnte dieser Raub geschehen.«

»Was wir inzwischen durchaus zur Kenntnis genommen haben.«

»Und außerdem«, fuhr Fust fort und deutete auf seine beiden Begleiter, »würde ich nicht alleine reisen.«

Berthold lehnte sich in seinem Sessel zurück und seufzte

leise. »Nehmt es mir nicht übel, Johannes, aber ich weiß nicht, ob eine Gesandtschaft betagter Geistlicher genügend Durchsetzungsvermögen besitzen würde, um eine solche Mission erfolgreich abzuschließen.«

»Exzellenz, Ihr wisst selbst, dass ich kein Hasenherz habe.«

»Natürlich weiß ich das«, erwiderte der Bischof beschwichtigend. »Ihr seid ein von jedermann geachteter Diener Gottes. Wer wüsste das nicht? Doch seid Ihr – mit Verlaub – selten über die Mauern von Mainz hinausgekommen. Sollten sich aber die Aachener die Reliquie zu eigen machen, gehört zu deren Rückgewinnung mehr als moralische Integrität. Das ist Politik, und glaubt mir, als Kurfürst des Reiches weiß ich, wovon ich rede.«

»Gewiss, aber ...«

»Mit allen Wassern muss ein Fahnder gewaschen sein. Aber das seid weder Ihr noch Euer Kantor noch Euer Kanonikus! Als Seelsorger habt Ihr bessere Fähigkeiten, Johannes. Und auch das Stephansstift sollte nicht zu lange unter Eurer Abwesenheit leiden.«

Fust starrte eine Weile düster vor sich hin. Nein, selbst als Seelsorger bin ich ein Versager, dachte er, weil ihm sein Neffe in den Sinn kam. Endlich suchte er wieder den Blick des Bischofs.

»Was also schlagt Ihr vor?«

Der Bischof rieb nachdenklich sein Kinn. »Es genügt wohl, wenn wir zunächst eine Delegation von zwei Leuten auf den Weg in den Norden schicken, um nach der Reliquie zu suchen. Mir fällt da einer meiner Schreiber aus der Dompropstei ein, sein Name ist Martin Hurt. Ein intelligenter junger Mann von Adel, dem man kein Alpha für ein Omega weismacht. Durchaus erfahren in Verhandlungen und politischen Angelegenheiten, trotz seiner noch jungen Jahre. Ihn werde ich schicken.«

»Doch Ihr spracht von zwei Fahndern.«

»Da Ihr das dringende Bedürfnis habt, Eure Unachtsamkeit zu korrigieren, überlasse ich den zweiten Mann Eurer Wahl.« Er hob schulmeisterlich einen Finger. »Aber denkt daran: Wichtig sind in diesem brisanten Fall nicht Demut und Glaubhaftigkeit – Gott verzeihe mir! –, sondern einzig und allein Durchsetzungskraft und Beharrlichkeit.« Er hob seine Mundwinkel zu einem Lächeln, das fast schon bedauernd anmutete. »Da Ihr ein großer Menschenkenner seid, werdet Ihr gewiss den Richtigen erwählen. Wenn Ihr mir Eure Entscheidung mitgeteilt habt, werde ich ein kurfürstliches Schreiben aufsetzen und den Männern Pässe ausstellen.«

Nun reichte er seinen Ring den Männern doch zum Kuss. Sie waren entlassen. Gedankenschwer verließ Fust mit seinen Begleitern die Amtsstube des Bischofs.

Matthias saß über den Bauplan von Sankt Martin gebeugt. Er hatte es endlich einmal geschafft, sich von seinen quälenden Gedanken zu lösen, die er als Vater hegte, und sich seinen anderen Aufgaben zu widmen, für die man ihn ja schließlich bezahlte. Wenngleich seine Überlegungen auch nichts mit den gegenwärtigen Bauarbeiten zu tun hatten, sondern mit künftigen. Und die standen in den Sternen.

Mit einem Lineal zog er imaginäre Striche auf dem Pergament.

Die Kirche nach Westen hin um ein Joch erweitern! Besser noch: zwei! Und hier und da neue Arkaden! Und dort …

Das Klopfen an der Türe holte ihn in die Gegenwart zurück. Herein trat Walter und spielte verlegen mit seinen Fingern, die voller Staub und Farbe waren.

»Was? Seid ihr schon fertig?«, wunderte sich Matthias.

»Nein, Meister. Ich wollte nur …« Er blickte auf seine wippenden Fußspitzen. »Habt Ihr sie schon gefragt?«

»Wen?«

»Eure Tochter. Ob ich ihr mit meinem Flötenspiel eine Freude machen soll.«

Matthias sackte fast unmerklich in sich zusammen. Nun hatten ihn seine Sorgen wieder eingeholt. »Ja, das habe ich, Walter«, seufzte er.

»Und?«

»Sie – äh – will es sich überlegen.«

»Wirklich?«

Walters Augen wurden groß und leuchtend. Matthias bereute es, ihm voreilig Hoffnungen gemacht zu haben, und fügte deshalb hastig hinzu: »Na ja, aber du solltest dir keine allzu großen Hoffnungen machen. Sie ... verhält sich im Augenblick recht rebellisch.«

»Darauf solltet Ihr nicht viel geben, Meister. Ihr wisst doch, wie die Weiber sein können.«

»Immer noch redet sie nur von diesem Leonhard!« Matthias konnte seine Verärgerung darüber nicht verbergen und ließ eine Faust auf den Tisch plumpsen. »Aber ich bin sicher, dass sie ihn bald vergisst«, fuhr er fort, obwohl er in Wirklichkeit das Gegenteil glaubte.

»Ja, vergessen wird sie ihn«, grinste Walter. Er blinzelte verschwörerisch und ging hinaus.

Kapitel 13

Der Sieger über die Ratten schmachtete immer noch in seinem dunklen Loch. Schon längst machte die modrige Kälte ihm nichts mehr aus. Sein Körper hatte sich den gegebenen Umständen angepasst, gleich einem Tier in der Wildnis.

Er hatte es aufgegeben, die Tage zu zählen, doch bis zum Weihnachtsfest konnte es nicht mehr weit sein. Sein Hass war ungebrochen, bewahrte ihm seine Kräfte. Die Welt, die ihn wie einen ehrlosen Strolch behandelte, sollte zittern, wenn er hier herauskam. Niemals wieder – das hatte er sich geschworen – würde es jemand wagen, ihn seiner Freiheit zu berauben. Niemals wieder würde man ihn derart demütigen. Der Dechant! Auch er sollte seine Rache zu spüren bekommen. Gewiss, das Leben würde er dem alten Mann wohl lassen. Schließlich hatte er sich seiner damals angenommen, wenn er es auch als seine gottverdammte Christenpflicht betrachtet haben mochte. Aber irgendetwas würde ihm schon einfallen, die arge Erniedrigung, die Fust ihm zugedacht hatte, zu vergelten.

Die Ratten waren verschwunden, hatten sich der bestialischen Überlegenheit des Gefangenen gebeugt. Doch diesen hatte eine neue Plage heimgesucht: Ein juckender Hautausschlag quälte ihn seit Tagen. Arme, Beine, Brust und Rücken, selbst das Gesicht – alles war von nässenden Geschwüren befallen. Von den Läusen und Flöhen ganz zu schweigen, die sich unermüdlich an ihrem Wirt labten und sich – anders als die Ratten – weder durch Tücke noch durch unermessliche Körperkräfte vertreiben ließen. Auch dies nährte seinen Hass, obschon es dazu dieser Marter nicht bedurft hätte.

Hans kaute an einem vertrockneten Stück Brot herum, das er dem unsäglichen Kerkermeister am liebsten in den Hals gedrückt hätte, um ihn daran ersticken zu lassen. Doch er musste essen! Wollte er leben, musste er diesen Schlangenfraß in sich hineinzwingen. Hass alleine reichte nicht aus, seine Lebensgeister zu erhalten. Und sobald er wieder frei war, würde er sich vergnüglichen Ausschweifungen hingeben. Fressen! Saufen! Weiber, die ihm jeden Wunsch von den Augen ablasen! Sein Magen knurrte. Seine Lenden schmachteten. Ja, die Lebensgeister rebellierten. Es wurde höchste Zeit, sie endlich toben zu lassen.

Das Klirren von Schlüsseln. Ein wenig Licht, das durch die sich öffnende Kerkertür fiel, nicht mal ausreichend, um den seit Wochen von Dunkelheit Umgebenen zu blenden. Hans senkte den Kopf. Das abstoßende Gesicht des Wärters war ihm zuwider. Zu seiner Überraschung schlurfte dieser auf ihn zu, zückte einen weiteren Schlüssel und löste mit ein paar plumpen Handgriffen die Kette von seinem Fuß. Nun sah Hans sich genötigt, ihm doch seine Aufmerksamkeit zu schenken.

»Was ist?«

»Mitkommen!« Er deutete zur Türe, vor der, wie Hans jetzt sehen konnte, zwei bewaffnete Landsknechte warteten.

»Hat man endlich kapiert, dass ich unschuldig bin?«

»Schnauze halten!« Mit einer unwirschen Geste gab der Wächter ihm zu verstehen, sich von seinem Lager zu erheben.

Hans gehorchte. Der Wächter ließ ihn vorangehen. Die ersten Schritte schmerzten wie verrückt, als habe man seine Beine mit einem eisernen Knüttel bearbeitet. Die Bewaffneten nahmen ihn in ihre Mitte.

»Darf man fragen, wo's langgeht?« Hans wusste nicht, was er von der ganzen Sache halten sollte.

Der Wächter grunzte, wie es seine Art war, bevor er sich zu einer Antwort herabließ. »Der Dechant will dich sehen«, sagte er lakonisch.

Als Leonhard aus seinem Schlaf erwachte, glaubte er, sein Kopf müsse zerspringen. Sein Körper schien ein einziger Klumpen Blei zu sein. Vergeblich versuchte er, seine Glieder zu bewegen. Auch seine Augen wollten sich nicht öffnen lassen; ein zäher Schleim schien sie daran zu hindern. Als er es schließlich doch schaffte, seine Lider voneinander zu lösen, lag die Welt unter einem weißen Schleier verborgen. Über ihn beugte sich eine Fee mit langen schwarzen Haaren. Verschwommen zwar, aber anschaulich genug, um ihn wissen zu lassen, dass er nicht träumte.

»Vater, er wacht auf!«

»Dann gib ihm von dem Kräutersud. Gleich wird er wieder schlafen!«

Eine sanfte Hand schob sich unter Leonhards Hinterkopf und hob ihn an. An seinen rissigen Lippen spürte er einen Becher, aus dem heißer Dampf in seine Nase stieg.

»Trink!«, forderte die Fee ihn auf.

Leonhard schlürfte. Der Sud war bitter, doch wohltuend rann er in seinen Magen und bereitete ihm dort Behagen. Behutsam legte die Fee seinen Kopf auf das Kissen zurück.

»Wo ... bin ich?«, stammelte Leonhard. Das Sprechen bereitete ihm Mühe.

»In Ahrweiler«, antwortete die Fee.

Leonhard versuchte, sich zu erinnern, obwohl auch das Denken ihm äußerst schwerfiel: der Brand auf dem Schiff, seine Flucht – tagelang war er unterwegs gewesen, den Rhein entlang. Sein verstauchter Knöchel: Jeder Schritt war eine einzige Qual gewesen. Manchmal hatte sich ein Fuhrkutscher erbarmt, ihn ein Stück mitzunehmen. Ein Wundarzt in Bingen hatte seine verletzte Schulter notdürftig versorgt. In Boppard hatte er sich wieder auf ein Schiff getraut. Der Kapitän eines kleinen Lastkahns erklärte sich bereit, ihn bis nach Köln mitzunehmen. Da der Schiffer diesmal kein horrendes Fährgeld von ihm verlangte, hatte Leonhard ihm vertraut. Noch während der Fahrt hatte er gespürt, wie das Fieber nahte. Die nebelverhangenen Herbstwälder, die sanften Hügel, die Burgen auf den kahlen Felsgesteinen und die beschaulichen Dörfer, die mancherorts die Ufer säumten – das alles hatte er kaum wahrgenommen. Der Schiffer hatte sich nicht anders zu helfen gewusst, als dem Kranken immer wieder scheußlichen Schnaps einzuflößen. Offenbar hatte er befürchtet, sein Fahrgast könne ihm einfach wegsterben, hatte deshalb seinen Männern befohlen, ihn ans Ufer zu bringen. »Er kann sterben, wo er will, aber nicht auf meinem Schiff!« Ja, an diese schrecklichen Worte erinnerte sich Leonhard nur zu deutlich. Vergeblich hatte er gegen seine Aussetzung protestiert, zu schwach, um sich dagegen zu wehren.

Hier verließ ihn seine Erinnerung.

»Was ist passiert?«, krächzte er mühsam.

»Ein Kaufmann dieser Stadt hat dich vorgestern hierher gebracht. Er fand dich bewusstlos am Fluss. Eine hässliche Wunde hast du da.«

»Bist du … eine Fee?«

Das Mädchen lachte lauthals. »Sehe ich denn so aus? Nein, mein Vater ist Arzt und hat sich deiner angenommen. Er hat sich um deine verletzte Schulter gekümmert und mich mit der ehrenvollen Aufgabe betraut, dich zu pflegen!«

»Und … steht es schlimm um mich?«

»Kräftig, wie du nun mal bist, besteht tatsächlich Grund zu der Annahme, dass du es überleben wirst, Steinmetz.«

»Steinmetz? Woher weißt du …?«

»Unschwer, deinen Beruf zu erraten, wenn man in dein Bündel schaut.«

»Bündel? Wo …?« Leonhards Oberkörper wollte hochfahren, doch sowohl seine Schwäche als auch die sanfte Hand der Schwarzhaarigen hielten ihn zurück. Ihre Berührung war ihm angenehm.

»Alles in Ordnung! Alles ist da, wo's hingehört.«

»Lass ihn schlafen! Was schwatzt du ihm die Ohren voll«, hörte Leonhard eine strenge Stimme sagen, bevor es wieder dunkel um ihn wurde.

»Aber er stellt eine Menge Fragen, Vater. Vielleicht schläft er besser, wenn ich sie ihm beantworte. – Ach, da schlummert er wieder ...«

Der Arzt trat näher und tastete nach Leonhards Puls.

»Ist er nicht ein stattlicher Bursche?«, schwärmte seine Tochter.

Der Vater sah sie missbilligend an. »Schlag ihn dir aus dem Kopf, Miriam. Denk daran, er ist ein Christ!«

Hans bemühte sich, seinen Mund nicht verächtlich zu verziehen, als man ihn in die Amtsstube des Dechanten führte: Karg und öde, langweilig wie der Dechant selbst war der Raum. Weiß gekalkte Wände, die bis auf ein hölzernes Kreuz gänzlich nackt waren. Ein Kohlebecken, in dem es nicht glimmte, was die Kälte erklärte. Ein Regal mit Büchern, davor ein Pult. Fust saß dahinter und sah dem Eintretenden entgegen. Mit einer Handbewegung entließ der Dechant die Landsknechte. Dann deutete er auf einen Schemel vor seinem Pult und hieß seinen Ziehsohn Platz zu nehmen.

Hans war unschlüssig, wie er sich dem Verhassten gegenüber verhalten sollte. Dennoch leistete er der Aufforderung seines Onkels Folge und setzte sich.

»Du stinkst wie ein wildes Tier«, sagte der Dechant naserümpfend. »Ich werde veranlassen, dass du ein Bad nehmen kannst.«

»Das ist sehr gütig von Euch, Onkel«, erwiderte Hans ironisch. Er hatte beschlossen, zunächst einmal den Beleidigten herauszukehren. »So riecht man nun mal, wenn man viele Wochen in einem stinkenden Loch verbringen muss.«

»Wie ich deinen Worten entnehme, hast du das Stadium der Läuterung noch immer nicht erreicht.«

Hans unterdrückte den Reflex, seine Fäuste zu ballen. Was wollte Fust bloß von ihm hören?

»Onkel, den Tod des Fleischermeisters habe ich nicht gewollt. Sein krankes Herz wurde dem Armen zum Verhängnis. Es war unrecht, mich für dieses Unglück in den Turm zu werfen. Doch da man jetzt offenbar eingesehen hat, dass …«

Die erhobene Hand des Dechanten hieß ihn schweigen.

»Gar nichts hat man eingesehen, Hans Fust. Nur mir verdankst du, dass du nun hier vor mir sitzt! Ein Prozess bleibt dir vorläufig erspart, obwohl die Zunft der Fleischer Zeter und Mordio schreit.« Fust musterte ihn streng. »Beim Bischof selbst musste ich vorsprechen, um diese Gunst für dich zu erwirken.« Er machte eine Pause, als erwartete er eine Unzahl von Fragen. Als diese nicht erfolgten, fuhr er fort: »Du wirst Gelegenheit bekommen, deine Schuld zu sühnen.«

Hans spitzte die Ohren. »Was muss ich tun, Onkel?«

»Suchen.«

»Suchen?« Am liebsten hätte er den Ziehvater links und rechts geohrfeigt. Suchen! Sicher würde gleich ein sehr frommer Satz folgen. »Was muss ich suchen, Onkel?«

»Das Haupt der Anna.« Der Dechant stierte auf sein Pult.

Hans verdrehte die Augäpfel. »Aber ich kann Euch sagen, wo es zu finden ist, Onkel: in Sankt Stephan, gleich hinter dem Hochaltar.«

»Eben nicht!«, schrie Fust. »Es wurde gestohlen!«

»Oh!«

»Ein junger Steinmetz – die Strafe Gottes möge über ihn kommen! – hat es entwendet, als er an der Grabnische arbeitete.«

»Frevler!« Hans entschied sich für Empörung.

»Ein Frevler, du sagst es.«

»Hat man nach ihm gefahndet?«

Fust sah ihn lange an. »*Du* wirst nach ihm fahnden.«

»Ich?«

»Du wirst das Annahaupt nach Mainz zurückbringen. Oft genug hast du vor den Augen des Herrn gesündigt. Nun kannst du seine Gnade wiedererlangen, indem du dich für eine heilige Mission einsetzt.«

In Hans' Kopf ratterte es. Was war von den Worten des Dechanten zu halten? Was war mit den Plänen, die er in den vergangenen dunklen Wochen geschmiedet hatte? Er – ein Jäger der gestohlenen Reliquie? Konnte er etwa sein bequemes Leben fortführen, wenn er dieses verdammte Stück Knochen wieder zurückbrachte?

Eine Frage konnte er sich nicht verkneifen: »Von der Gelegenheit, meine Schuld zu sühnen, einmal abgesehen, Onkel: Warum wollt Ihr, dass gerade ich das Annahaupt nach Mainz zurückhole? Ich, der Ihr mich doch für einen Taugenichts haltet?«

Fust schwieg einen Moment lang. Seine Antwort kam fast widerwillig. »Weil du es kannst!«

»Also doch kein Taugenichts?«

»Taugen oder nicht taugen, darum geht es nicht. Du hast eine beinahe dämonisch zu nennende Gabe, die Ziele, die du dir steckst, zu erreichen. Bislang war es freilich nicht weit her mit deinen Zielen. Wahre Frömmigkeit, Gottesfurcht und Inbrunst im Glauben fielen dir schwer. Doch ich habe die Hoffnung – jeglicher Erfahrung zum Trotz – immer noch nicht aufgegeben, dass aus dir noch ein wohlgefälliger Mensch wird. Beinahe scheint es mir, dass Gott den Dieb selbst nach Mainz schickte, um dir eine Umkehr zu ermöglichen. Finde den Dieb und bring uns das Annahaupt zurück!«

Dieser alte Narr!, dachte Hans und sagte mit Kreide in der Stimme: »Ich werde Euch und den Herrgott nicht enttäuschen,

Onkel. Hat man eine Vermutung, wo der Dieb sich augenblicklich aufhält?«

»Nein. Doch vieles deutet darauf hin, dass er den Weg nach Aachen eingeschlagen hat, wo er möglicherweise schon eingetroffen ist.«

»Noch heute breche ich auf, Onkel!« Hans machte Anstalten, sich zu erheben, doch ein strenger Wink Fusts untersagte ihm das.

»Nicht heute. Morgen früh. Und du wirst nicht alleine reisen! Ein Schreiber des Bischofs wird dich begleiten.«

»Ein Schreiber? Onkel, glaubt mir, es wäre besser, wenn ich alleine …«

»Schweig! Der junge Herr Hurt besitzt Geistesgaben, die dir verwehrt sind. Und er wird mir hinterher Bericht erstatten über dich. Keine Gewalt, keine Willkür! Wenn du jemandem auch nur ein Haar krümmst, wird der Bischof deine Begnadigung zurücknehmen. Dann findest du dich vor dem Richter wieder.«

Über Hans' Stirn legte sich eine steile Falte, doch er schwieg.

»Du wirst dich als Kartäusermönch ausgeben«, fuhr Fust erklärend fort. »Das gibt dir bei eventuellen Verhandlungen mehr Gewicht. Der Bischof hat entsprechende Pässe ausgestellt. Es steht euch eine Kutsche zur Verfügung. Und jetzt verschwinde! In einen Badezuber!«

Er sah ihm nachdenklich hinterher und stützte sein Kinn. »Wer geht da?«, murmelte er zu sich selbst. »Der Saulus, der ein Paulus wird? Oder der aus dem Meer steigende Leviatan?«

Kapitel 14

Der Mann, der dort am Pranger stand und vor Schmerzen jämmerlich stöhnte, tat Klara leid. Von oben bis unten mit Dreck besudelt war er; freche Bengel und gerechtigkeitsliebende Mitbürger hatten dafür gesorgt, dass seine Schmach nicht zu gering ausfiel. Ein Köter, angelockt durch die herben Düfte, hob das Bein an seinem. Klara wühlte sich durch das Gedränge des Marktes und steuerte auf den Bedauernswerten zu.

»Habt Ihr Hunger?«

Der Mann versuchte, zu ihr aufzuschauen, was ihm schwerfiel ob des hölzernen Balkens in seinem Genick. Er entblößte einen Mund, dessen Zähne man an einer Hand abzählen konnte.

»Ein ganzes Schwein könnte ich vertilgen«, beantwortete er Klaras Frage.

Sie kramte in dem Korb, den sie trug, holte eine Karotte hervor. »Mit einem Schwein kann ich nicht dienen, doch vielleicht hilft Euch das über den gröbsten Hunger hinweg!«

Seine verbliebenen Zähne bohrten sich in das Gemüse, das Klara ihm vor den Mund hielt.

»He, schönes Kind, was soll das denn geben? Fütterung der Affen?«

Ein paar Schellenschmiedgesellen, die nebenan unter dem Galgengebälk parlierten, schauten amüsiert zu ihnen herüber.

»Ich will auch mal an den Pranger«, witzelte einer. »Vielleicht schiebt die holde Maid mir dann auch ein paar ihrer Köstlichkeiten in den Mund. Zum Beispiel ihre Paradiesäpfel!«

Die anderen lachten laut.

»Mund halten, freches Pack!«, tönte von der anderen Seite

eine aufgebrachte Männerstimme. Halb verdutzt, halb belustigt nahmen die Schellenschmiedgesellen den Rufer, der sich wie ein Wächter neben dem Pranger postiert hatte, in Augenschein.

Walter!

»Was hast du denn hier zu melden, Steinmetz?«

»Wer dem Mädchen keinen Respekt zollt, kriegt es mit mir zu tun!«

Wieder erheitertes Lachen.

»Oh, da schlottern uns aber die Knie.«

»Gleich schlottert dir noch was ganz anderes!«

»So? Darauf bin ich aber gespannt. Komm ruhig her, Steineklopfer, und bestrafe mich für meine Unverschämtheit!«

Walter machte einen Schritt nach vorne, doch Klara hielt ihn zurück.

»Lass es gut sein, Walter.«

»Ich zerreiße den Kerl!«

»Lass ihn. Er hat nichts Schlimmes gesagt.«

»Nichts Schlimmes? Beleidigt hat er dich. Du bist ein ehrbares Mädchen, und …«

»Walter!« Sie schenkte ihm ein bedauerndes Lächeln. »Danke, dass du dich um meine Ehre sorgst. Aber es ist wirklich nichts geschehen. Lass es gut sein!«

Sie schob dem Mann am Pranger das letzte Stück der Karotte in den Mund. »Lass dich ruhig noch mal hier blicken«, schmatzte dieser und sah sie dankbar an.

Vorbei an den Schellenschmiedgesellen, die nun erst recht ihre Witzchen machten, setzte sie ihren Weg über den pulsierenden Marktplatz fort. Walter bedachte sowohl den Delinquenten als auch die Spötter mit einem vernichtenden Blick und folgte ihr mit stapfenden Schritten.

»Klara?«

»Ja, Walter?« Zwar schenkte sie ihm Gehör, doch ihre Aufmerksamkeit galt dem Angebot eines Bäckers, vor dessen Bude sie stehen geblieben war. Nebenan schrie sich ein Gewürzhändler die Kehle aus dem Leib.

»Soll ich – äh – deinen Korb tragen?«

»Ich bin nicht so schwach, dass ich ihn nicht selbst tragen könnte.«

»Aber ... Es würde mir nichts ausmachen.«

»Danke, Walter. Du bist sehr freundlich. Aber ich trage meinen Korb lieber selbst.«

Immerhin hatte sie ihm einen flüchtigen Blick zugeworfen. Das ermunterte den Steinmetz.

»Du bist ein sehr nettes Mädchen, Klara.«

»Danke, Walter.«

»Soll ich dir – äh – ein paar Honigkekse kaufen?«

Nun währte ihr Blick schon länger. »Nein. Ich will nicht, dass du mir Honigkekse kaufst, Walter.«

»Aber ...«

»Und bevor du fragst: Ich will auch nicht, dass du mir auf deiner Flöte etwas vorspielst. Du bist gewiss ein tüchtiger Bursche, Walter. Aber ich empfinde nichts für dich. Begreifst du das?«

Walter grinste säuerlich. »Die Zeit würde es einrenken«, erklärte er. »Willst du diesem Leonhard vielleicht dein ganzes Leben lang nachtrauern?«

»Darüber brauchst du dir wahrlich nicht den Kopf zu zerbrechen.«

»Am Ende bist du eine alte Jungfer ...«

»Nicht dein Problem!«

»Vielleicht überlegst du es dir ja irgendwann.« Seine Stimme hatte etwas Drohendes.

Sie sah ihm hart in die Augen, sodass er versucht war, auf die Erde zu schauen.

»Nein. Ich werde es mir keinesfalls anders überlegen. Niemals!« Sie betonte jedes Wort. Dann ließ sie ihn stehen und schlängelte sich durch die Menschen.

»Das wird dir noch leidtun«, knirschte Walter und starrte ihr nach.

Dechant Fust verzichtete darauf, den Neffen zu der vor der Stephanskirche wartenden Kutsche zu begleiten. Er zog es vor, am Marienaltar für das Gelingen der Mission zu beten und Gott und alle Heiligen darum zu bitten, seinem Neffen beizustehen und ihn nicht den Dämonen des Jähzorns preiszugeben. Diesbezüglich würde es nicht sein letztes Gebet sein in diesen vorweihnachtlichen Tagen, die für ihn zu einer aufreibenden Geduldsprobe werden sollten.

Vier Rappen schnaubten ungeduldig um die Wette. Der Kutscher, dessen Nase fast so groß war wie der schlappige Hut, den er trug, sah dem nahenden Hans missmutig entgegen.

»Wo bleibt Ihr denn?«, fragte er mürrisch. »Der Herr Hurt wartet schon.«

»Halt die Luft an, Knollennase! Ich komme, wann's mir passt. Damit du Bescheid weißt für die nächsten Tage.«

Er stieg in die Kutsche. Auf der Bank saß ein etwa fünfundzwanzig Jahre alter Mann und musterte ihn neugierig. Er trug ein blaues Gewand aus edlem Stoff und einen pelzverbrämten Schulterumhang, wie es nur Adeligen vorbehalten war. Hans kam sich in seiner Kartäuserkutte reichlich schäbig vor. Man hörte den Kutscher laut schnalzen und mit der Peitsche knallen. Rumpelnd setzte das Gefährt sich in Bewegung.

»Ihr müsst Hans Fust sein«, sagte der junge Mann mit einer sanften, ruhigen Stimme.

»Ich merke, die Lobreden über Euren Scharfsinn sind nicht übertrieben, Herr Hurt.«

Hurt schmunzelte. »Die Kutte steht Euch wirklich gut.«

»Danke. Zwar würde ich Eure Garderobe bevorzugen, aber die Umstände erfordern es wohl so.«

Eine Weile schwiegen sie. Die Kutsche passierte die Gaupforte und sie verließen die Stadt. Draußen wurde es merklich ruhiger.

»Ihr mögt mich nicht«, erklärte Hurt nach einer Weile. Es klang nicht bedauernd, eher sachlich. »Doch Euch ist klar, dass wir gemeinsam einen Auftrag zu erfüllen haben?«

»Gewiss, gewiss.«

»Und weiterhin ist Euch klar, dass Ihr meinem Befehl untersteht?«

»So ist es wohl, edler Herr Hurt.«

»Gut. Das nur, um Missverständnissen vorzubeugen. Ich hoffe, dass die Probleme, die Ihr mit mir habt, unsere Zusammenarbeit nicht beeinträchtigen.«

»Seid unbesorgt. Dies ist ja schließlich eine heilige Mission, nicht wahr?«

Hurt musterte ihn abermals. »Ziemlich übernächtigt seht Ihr aus.«

»Das, edler Herr Hurt, liegt an der Kerkerhaft, die hinter mir liegt. Ihr wisst ja sicher davon. Außerdem«, fuhr Hans gleichmütig fort, als lege er es darauf an, den anderen in Rage zu versetzen, »außerdem hatte ich in der vergangenen Nacht eine Menge nachzuholen.«

»Nun ja, wenn das Eure Art ist, Euch auf eine heilige Mission vorzubereiten – warum nicht! Habt Ihr Euch darüber hinaus vielleicht auch ein paar Gedanken über unsere Vorgehensweise gemacht – so nebenbei, meine ich?«

»Was glaubt Ihr denn? Noch gestern Abend, im Freudenhaus, habe ich an nichts anderes denken können.«

»Oh! Das macht mich neugierig.«

Hans erwiderte seinen Blick mit einem maliziösen Lächeln. »Zunächst einmal ist es unwahrscheinlich, dass der Steinmetz nach der Katastrophe im Hafen den gesamten Weg nach Köln über den Rhein zurückgelegt hat. Frühestens in Bingen kann er wieder auf ein Schiff gestiegen sein, doch auch das ist ungewiss. Gewiss ist nur, dass er eine schwere Schulterwunde haben muss. Zumindest, wenn man diesem halb verkohlten Bootsmann Glauben schenken darf. Deshalb sollten wir jeden Heiler, jeden Bader und jedes Spital auf dem Weg nach Köln einer genauen Befragung unterziehen. Vielleicht haben wir Glück und erwischen den Burschen, bevor er die Mauern Kölns auch nur von Weitem sieht.«

»Ich sehe, der Besuch eines Freudenhauses kann durchaus fruchtbar sein. Ja, mit viel Glück können wir seiner noch vor Köln habhaft werden. Wahrscheinlicher aber ist, dass wir ihm bis Aachen folgen müssen, denn er hat einige Tage Vorsprung.«

Hans hob die Schultern und starrte auf die vorbeirollende Landschaft. »Und wenn er in der Hölle ist – ich kriege ihn.«

Leonhard erinnerte sich nicht, jemals so gut gegessen zu haben. Nach der dritten Portion des köstlich gewürzten Hammelfleisches schob er die Schale weit von sich und bedachte seine Gastgeber mit einem dankbaren Blick.

»Ich wusste nicht, dass Juden so gut zu speisen wissen«, erklärte er mit einem behaglichen Grunzen.

Miriam grinste schief. »Wahrscheinlich gehörst du zu jenen Menschen, die glauben, dass wir kleine Kinder essen, wie?«

»Ich bin mir sicher, dass kleine Kinder anders schmecken dürften als diese Köstlichkeit. Jedenfalls danke ich Euch. Für alles!«

»Hört sich fast nach Abschied an«, sagte Miriam mit einem Unterton des Bedauerns, wofür sie von ihrem Vater einmal mehr einen strengen Blick erntete.

»Lange genug bin ich Euch jetzt zur Last gefallen. Wie lange eigentlich genau?«

»Über zwei Wochen sind vergangen, da man Euch zu uns brachte«, erklärte der Arzt und strich durch seinen grauen Spitzbart, der bei jedem seiner Worte wie ein Gezweig im Wind zu wackeln pflegte. »Doch Ihr solltet besser noch ein paar Tage bei uns bleiben, damit Ihr wieder zu Kräften kommt.«

»Kräfte habe ich nun genug, dank Eurer ärztlichen Kunst und der aufopferungsvollen Pflege Eurer Tochter. Nun muss ich weiter.«

»Darf man fragen, wohin?« Miriam stützte ihr Kinn mit beiden Händen und starrte ihn an.

»Ich habe beschlossen, zunächst meine Mutter zu besuchen«, erwiderte Leonhard. »Bei ihr werde ich das Weihnachtsfest verbringen.«

»Bei der Mutter? Gibt es kein Liebchen, das da auf dich wartet? In deinen Fieberträumen riefst du oft nach einer gewissen Klara.«

»Miriam!« Der Arzt klopfte erbost auf die Tischplatte.

»Ach, lasst sie doch fragen, verehrter Daniel, es ist ja kein Geheimnis. In der Tat wartet irgendwo ein Mädchen auf mich, und eigentlich kann ich es kaum noch erwarten, sie wieder in meine Arme zu schließen!« Er betrachtete seine gefalteten Hände, sodass Miriams Leidensmiene ihm entging. »Als ich im Fieber lag«, fuhr er nachdenklich fort, »gab es Momente, in denen ich glaubte, sterben zu müssen. Was, so ging es mir durch den Kopf, wenn ich diese Welt verlasse, ohne meine arme Mutter noch einmal gesehen und ihr gedankt zu haben? Mit meiner Klara werde ich den Rest meines Lebens verbringen. Aber Mutter ist krank und gebrechlich. Wer weiß, wie lange ihr noch zu leben vergönnt ist. Deshalb ist es mir ein dringendes Bedürfnis, sie aufzusuchen.«

»Und wo lebt sie, deine Mutter?«

»In Kornelimünster, unweit von Aachen. Dort ist meine Heimat.«

»Mehr als zwei Tagesreisen«, schätzte Miriam.

»Gleich morgen früh ziehe ich los.«

»Erzähl uns von deiner Klara.«

»Miriam!«

»Schon gut, verehrter Daniel, warum denn nicht? Klara und ich wurden füreinander geschaffen. Jedenfalls ist das unsere feste Überzeugung. Leider aber hat ihr Vater, der auch mein Meister war, das anders gesehen und mich zum Teufel gejagt.«

»Und jetzt?«, fragte Miriam mit einer Anteilnahme, die echt zu sein schien.

»Nun, ich bin fest entschlossen, meinen Schatz zurückzuerobern.«

»Wie willst du das anstellen?«

Leonhards Mundwinkel zuckten verunsichert. Verlegen prüfte er den Sitz des Verbandes an seiner Schulter.

»Willst du Klara etwa entführen?«, bohrte Miriam, die ein spannendes Liebesdrama witterte.

Er schüttelte lächelnd den Kopf. »Nein. Nicht entführen. Ich bin doch kein Schurke.«

»Aber wie? Hast du einen Plan?«

»Genug, Miriam!« Daniel ließ nun die ganze Faust auf den Tisch krachen. »Das geht dich nichts an.«

Diesmal war Leonhard froh über Daniels Machtwort. Denn oft genug kam er sich tatsächlich wie ein gemeiner Schurke vor.

Kapitel 15

Vereinzelte Schneeflocken wirbelten ungestüm durch die Luft, angetrieben von einem eisigen Wind. Klara zog den Umhang fester um ihre Schultern und betrachtete die windschiefe Hütte, vor der sie stehen geblieben war und hinter der sich die Hügel des nun laublosen, kalten Eifelwaldes erhoben. Vor den Fenstern prangten Holzbeschläge. Offenbar stimmte es, was man sich von der alten Gertrud erzählte: dass sie das Tageslicht mied wie der Teufel das Weihwasser. Gertrud, die Hexe von Gürzenich! Vieles wurde ihr nachgesagt. Während die einen sie für harmlos hielten, verdächtigten andere sie der bösen Zauberei, machten sie für jede im Dorf wütende Krankheit, für jedes Unwetter verantwortlich. Als drei Jahre zuvor ein Sommersturm die Ernte der Bauern verdorben hatte, war sie nur mit Ach und Krach einem drohenden Prozess entgangen. Ihre Errettung vor der Wut einiger Aufgebrachter verdankte sie dem besonnenen Schultheißen von Gürzenich, der zu ihren Gönnern zählte. Warum der Schultheiß sie beschützte? Vielleicht, so mutmaßten viele, weil die alte Gertrud ihm eine rosige Zukunft prophezeit hatte. Denn in einem war man sich einig: Gertrud war eine kluge Frau, die die Herzen der Menschen durchschaute. Und so mancher holte sich, wenn auch heimlich, ihren Rat ein, wenn es galt, zukunftsweisende Entscheidungen zu treffen. Selbst hohe Ratsherren aus der nahen Stadt hatte man bereits in ihre abseits des Dorfes gelegene Hütte gehen sehen.

Für unser Glück braucht es keine Wahrsagerin. Die Worte, die Leonhard vor wenigen Wochen – oder waren es Jahre? – zu ihr gesprochen hatte, hallten wie ein fernes Läuten durch Klaras Kopf. Da waren sie sich noch so sicher gewesen … Nun stand sie vor der Hütte der Alten und rang mit sich selbst. Sicherlich würde Leonhard die Stirn runzeln, könnte er sie sehen. Mein törichtes Mädchen, was zweifelst du?, würde er sagen. Ist unsere Liebe nicht viel stärker, auch wenn Menschen uns dicke Felsbrocken in den Weg legen? Es war ihr, als könne sie den Geliebten vor sich sehen: das Glitzern in seinen Augen, wenn er sie anschaute, die Grübchen, die seine Mundwinkel umspielten, wenn ihn etwas amüsierte.

Klara war es leid, so lange im Ungewissen zu schmachten. Ob die alte Gertrud ihr helfen konnte? Sie brauchte einen Ratschlag, wie sie sich richtig verhalten sollte. Und so fasste sie sich ein Herz und schritt auf die Hütte zu, vor deren Eingangstüre ein altes Huhn hockte, das keineswegs Anstalten machte, seinen Platz zu verlassen. Klara pochte an die Tür.

Nichts geschah.

Nach einer Weile klopfte Klara erneut, diesmal lauter, und endlich vernahm sie eine heisere Stimme aus dem Innern der Hütte.

»Jaja, komm nur rein, Mädchen«, krächzte die alte Gertrud, »vorausgesetzt, du willst mich nicht eines bösen Zaubers bezichtigen.«

Klara trat ein. Drinnen war es keinen Deut wärmer als draußen. Ein schwaches Öllicht auf einem großen Tisch, hinter dem die alte Gertrud saß, war die einzige Lichtquelle in der Hütte. Das Antlitz der Alten war ob des schwachen Lichtes nur schemenhaft zu erkennen.

Dunkelheit und Kälte. Wieder fröstelte es Klara.

»Jetzt, wo ich dein Gesicht vor mir sehe, weiß ich: Liebesleid und Wehmut führen dich zu mir. Nimm Platz, Kind!« Mit einer knochigen Hand deutete sie auf einen Schemel, der vor ihrem Tisch stand. »Aber gib acht, dass du nicht auf die Katze trittst!«

Vorsichtig tastete sich Klara voran und setzte sich. Endlich konnte sie Einzelheiten im runzligen Gesicht der Alten ausmachen: behaarte Warzen auf Nase, Wangen und Stirn, ein eingestülpter Mund und milchigtrübe Augen, mit denen sie gleichmütig den Blick des Mädchens erwiderte.

»Liebe, Leid und eine böse Welt, die euer Glück nicht zulässt – was sonst?«, seufzte Gertrud. »Sag mir, wie er heißt, mein Kind.«

»Sein Name ist Leonhard.«

»Warum ist er fort?«

»Weil … mein Vater …«

»Ich verstehe. Dein Vater hat ihn davongejagt.«

»Werde ich ihn wiedersehen?«

»Gewiss.«

»Wann?«

Gertruds alterstrübe Augen blinzelten sie an. »Bist du sicher, dass Leonhards Gedanken allein dir gehören?«

»Wie meint Ihr das?«

»Womöglich gibt es ja eine andere Frau, die er in seinem Herzen trägt.«

»Niemals!«

Gertrud schwieg. Klara fing an zu bereuen, hierhergekommen zu sein. Sie hatte Trost und Zuspruch von der alten Frau erwartet, Ratschläge. Wie konnte Gertrud auch nur mutmaßen, dass Leonhard ihr untreu sei?

»Er hat mir einmal gesagt, dass er ohne mich nicht mehr sein kann«, erklärte Klara trotzig. »Wir sind füreinander bestimmt, müsst Ihr wissen. Eine andere Frau in seinem Herzen – ha, wer sollte das sein?« Sie erhob sich, stieß dabei ihren Schemel um und verließ enttäuscht die dunkle Hütte der alten Gertrud.

Nicht viel heller, doch wärmer und gemütlicher war es in der Hütte einer anderen alten Frau, kaum zwanzig Meilen westwärts von Gürzenich entfernt. Das Gesicht der gebrechlich wirkenden Frau war fahl und eingefallen, doch ihre Arbeit verrichtete sie mit erstaunlicher Geschicklichkeit. Ein Liedchen summend, saß sie am Spinnrad und drehte die Spindel. Die Bewegungen ihrer faltigen Hände waren mechanisch und sicher, sodass ihre Gedanken durch Raum und Zeit schweifen konnten. Seit fast fünfzehn Jahren war sie nun Witwe. Es war ein ähnlich kalter Wintertag wie heute gewesen, als der Gatte nach wochenlangem Siechtum für immer aufgehört hatte zu atmen. Als das Leiden ihres Mannes endlich vorbei war, setzte die Leere ein. Die abgrundtiefe Leere ihrer Seele. Nur der Junge hielt ihren Lebenswillen aufrecht – Leonhard!

Seit Monaten hatte er sich nun nicht mehr blicken lassen. Ob der Junge wohl glücklich war? Ob seine Arbeit ihm Freude bereitete? Und ob er endlich ein Mädchen für sich gefunden hatte? Fünfundzwanzig Lenze zählte er nun. Da wurde es höchste Zeit für die Ehe, wenn er kein alter Junggeselle bleiben wollte. Darauf angesprochen, hatte er stets geantwortet, man solle ihn nicht drängen, die Richtige werde ihm schon noch über den Weg laufen.

Die Mutter schmunzelte in sich hinein, immer noch ihr Liedchen summend. Ein Liedchen aus Kindertagen. Sie unterdrückte ein Hüsteln, das wieder einmal ihre Kehle reizte. Dann hielt sie inne, als habe sie ein Geräusch vernommen.

Kein Zweifel, vor der Haustür klopfte jemand seine Stiefel ab. Nun huschte ein Lächeln über ihr bleiches Gesicht.

»Er ist es!«, sagte sie zu sich selbst. »Der Junge ist tatsächlich gekommen, um die Feiertage bei seiner alten Mutter zu verbringen.«

Nur wenige Augenblicke später fielen Mutter und Sohn sich in die Arme.

Martin Hurt, dem jungen Schreiber des Bischofs, schien nichts zu entgehen. »Ihr rümpft die Nase, Hans Fust? Weshalb?«

Verächtlich sah Hans zwei Männern hinterher, die gelbe

Hüte trugen. »Was sollte ich wohl sonst tun in einer Straße, die sich Judengasse nennt?«

»Was habt Ihr gegen diese Menschen?«

»Nichts. Nur, dass man sie ins Meer treiben sollte!«

»Ihr vergesst, dass selbst unser Herr Jesus ein Jude war.«

»Wenn ich mit Euch theologische Fragen erörtern möchte, Hurt, sage ich Euch zuvor Bescheid. In der Zwischenzeit verschont mich mit Eurem Geschwätz!«

Schweigend gingen sie weiter. Hans' steinerne Miene ließ Entgegenkommende einen großen Bogen um sie machen. Ein räudiger Köter, der im Unrat der Gasse scharrte und nicht rechtzeitig beiseitesprang, erhielt einen wütenden Tritt in die Flanke, sodass er jaulend das Weite suchte.

»Ich muss zugeben«, sagte Hurt nach einer Weile, »dass ich ohne Eure Spürnase im Trüben fischen müsste, Hans Fust. Ich weiß zwar nicht, wie Ihr immer wieder Eure Informanten findet, die uns auf die richtige Spur bringen. Doch ich bin heilfroh, wenn wir diese Mission erfolgreich beendet haben und ich Euer grimmiges Galgenvogelgesicht nicht mehr sehen muss.«

»Ach Hurt, wem sagt Ihr das? Übrigens: Hier ist es!« Er deutete auf ein Fachwerkhaus zu ihrer Rechten. »Das Haus dieses jüdischen Arztes.«

Sie traten vor die Haustür.

»Wenn es Euch nichts ausmacht«, erklärte Hurt mit Nachdruck, »übernehme ich es, mit dem Arzt zu sprechen.«

»Gewiss! Ihr seid ja schließlich der Kopf der Mission, edler Herr Hurt.«

Eine schwarzhaarige junge Frau öffnete, nachdem Hurt einen Türklopfer betätigt hatte. Fragend sah sie die beiden Männer an.

Hurt lächelte ihr zu. »Verzeiht! Ist dies das Haus des Medicus Daniel?«

»Daniel ist mein Vater. Benötigt Ihr seine Heilkünste?«

»Nein, nur ein paar Auskünfte«, sagte Hurt.

»Warum lässt du die Herren nicht eintreten, Miriam?«, rief eine Stimme von drinnen.

»Ich bin sicher«, erwiderte Hans nicht gerade höflich, »dass sich diese Sache an Ort und Stelle regeln lässt.« Er ignorierte den missbilligenden Blick seines Begleiters.

Daniel trat hinter seine Tochter. Sein Blick huschte hin und her. »Womit kann ich dienen, werte Herren?«

Hurt ergriff das Wort, bevor Hans es tun konnte. »Nun, wie wir hörten, verehrter Medicus, befand sich in Eurer Behandlung ein junger Steinmetz.«

»Das ist wahr. Eine hässliche Stichwunde an seiner rechten Schulter. Die Entzündung hätte ihn beinahe umgebracht. Man fand ihn bewusstlos am Rheinufer. Tagelang haben meine Tochter und ich uns um ihn gekümmert!«

»Ich nehme an, dass er inzwischen nicht mehr bei Euch weilt?«

»So ist es, edler Herr. Vor einigen Tagen verließ er uns.«

»Wohin ist er gegangen?«

Daniel kratzte durch sein lichtes Haar. »Ich weiß nicht recht. Hat er denn etwas verbrochen, dieser Bursche?«

Hans wedelte mit einem Finger. »Die Fragen stellen wir, Herr Jud! Also, wo wollte er hin?«

»Nach Münster«, antwortete Miriam an ihres Vaters statt.

»Münster?« Hans' Augenbrauen verengten sich ungläubig. »Seine Heimat ist bei Aachen. Was sucht er in Münster?«

»Was weiß ich? Seine Verfolger abschütteln, vielleicht. Ich wusste doch gleich, dass dieser Kerl was auf dem Kerbholz hatte. Sagt, was hat er getan? Jemanden gemeuchelt?«

»Er hat eine Reliquie gestohlen!«, verkündete Hurt. Mit einem unzweideutigen Blick befahl er seinem Begleiter, fortan zu schweigen. »Hat er sonst noch irgendetwas gesagt? Zum Beispiel, was er in Münster zu tun gedenkt?«

»Nein, Herr. Er sprach von einem Ohm, den er dort besuchen wollte. Aber das war sicher nur gelogen, nicht wahr?«

»Möglich. Hat er den Namen seines Oheims genannt?«

»Äh … Friedrich, glaube ich. Auch so ein Steinmetz, hat er gesagt.«

»Friedrich, soso.« Hurt musterte den Medicus, der sichtlich verdutzt dastand. »Könnt Ihr die Worte Eurer Tochter bestätigen?«

»Wie? Oh, gewiss. Es ist nur … Wenn ich bedenke, dass wir einem Halunken das Leben gerettet haben … Ich hoffe, Ihr fangt diesen Frevler.«

»Ja, das werden wir. Vielen Dank für die Auskünfte!«

»Eine Selbstverständlichkeit«, beteuerte Miriam.

Hurt hob zum Abschied eine Hand und machte kehrt. Hans folgte ihm erst, nachdem seine Augen ein paar kalte Blitze auf den Medicus und seine Tochter abgeschossen hatten. Miriam schloss die Türe und presste eine Ladung Luft aus ihren Lungen.

»Warum hast du sie belogen?«, fragte der Vater mit mildem Tadel in der Stimme.

»Leonhard ein Halunke? Dann bist du der Messias, Vater. Nicht mal eine Fliege zerquetschen könnte er. Seine Hände sind zwar stark«, sie kreuzte die Arme vor ihrer Brust und starrte träumerisch zur Decke, »doch sein Gemüt ist sanft und weich. Und er ist klug, der Leonhard.«

»Was soll die Schwärmerei? Lass das!«

»Aber wenn's doch so ist.«

»Immerhin hat er eine Reliquie gestohlen.«

»Seit wann kümmern dich die Glaubensangelegenheiten der Christen? Ich will dir mal was sagen, Vater: Die wahren Halunken haben eben vor unserer Türe gestanden. Hast du gesehen, wie der Kuttenträger uns angestarrt hat? Wie ein Wächter der Totenwelt, als wollte er uns in Stücke reißen. Die

Bosheit, die ihn umgab, war beinahe mit Händen zu greifen.«

»Und wenn sie merken, dass wir sie belogen haben, lassen sie ihre Bosheit einmal mehr an uns Juden aus. So, wie sie es immer schon getan haben.«

»Wir haben einem guten Menschen die Flucht vor seinen Verfolgern ermöglicht«, erklärte Miriam nachdenklich. »Gott wird es nicht zulassen, dass wir für diese gute Tat zu leiden haben.«

»Das wäre in der Tat mal etwas Neues!«, seufzte der Medicus aus tiefstem Herzen.

»Das Luder hat gelogen!« Diesmal war es ein unaufmerksames Huhn, das die Bekanntschaft mit Hansens Stiefel machte und laut gackernd davonflatterte. »Gelogen, dass sich die Balken biegen!«

»Was macht Euch da so sicher?«, wollte Hurt wissen.

»Schützen wollte sie ihn. Habt Ihr denn nicht gesehen, wie ihre Augen gefunkelt haben, als wir auf den Steinmetz zu sprechen kamen? Diese jüdische Hure hat es mit ihm getrieben, versteht Ihr?«

»Das war gewiss Euer erster Gedanke, nicht wahr, Hans Fust?«

»Denkt von mir, was Ihr wollt.«

»Aber es klingt doch einleuchtend, was sie gesagt hat: Der Steinmetz muss damit rechnen, dass man ihn verfolgt. Also schlägt er einen Weg ein, auf dem kein Verfolger ihn vermuten würde.«

»Gelogen hat sie. Eine Jüdin ist sie!«

»Münster, die Perle Westfalens! Ein prächtiger Bischofssitz! Durchaus denkbar, dass er glaubt, die gestohlene Reliquie dort gegen gutes Geld loszuwerden.«

»Wir müssen nach Aachen, sag ich Euch!«

»Wir fahren nach Münster!«

»Ein Fehler!«

»Was sich erst noch herausstellen muss.«

Hans spuckte im hohen Bogen in die Gosse. Sein Unterkiefer schob sich bedrohlich nach vorne. »Aber sagt hinterher nicht, ich hätte Euch dazu geraten«, knirschte er.

»Seid unbesorgt, Fust. Wenn Euch tatsächlich Ehre gebührt, so bin ich der Letzte, der sie Euch nehmen möchte!«

Mit großen Schritten ging Hurt voran. Fluchend folgte ihm der Neffe des Dechanten.

Kapitel 16

Die Mutter war selig, ihren Sohn im Haus zu haben, wenngleich ihr klar war, dass er sich bald wieder auf den Weg machen würde, um seine Klara zu freien. Mit glänzenden Augen hatte sie Leonhards schwärmerische Tiraden vernommen: Klara schien in der Tat seine große Liebe zu sein. Er würde also bald heiraten, und vielleicht erlebte sie es ja noch, dass das junge Paar sie zur Großmutter machte.

Leonhard verschwieg der Mutter zunächst die tragischen Geschehnisse der letzten Wochen. Auch seinen Aufenthalt in Mainz erwähnte er mit keinem Wort. Als die Feiertage vorüber waren und das neue Jahr seinen Anfang genommen hatte, wurde sein Begehren, die Geliebte in seine Arme zu schließen, schier unerträglich. Gleichzeitig aber wuchs in ihm das Bedürfnis, sich der Mutter anzuvertrauen. Mahnende Stimmen schienen unablässig auf ihn einzureden. Auch im Gebet fand er keine Antwort.

Nach einer Nacht voller Albträume, in denen grässliche Geschöpfe der Hölle ihre furchterregenden Klauen nach ihm ausstreckten, gestand Leonhard der Mutter seine Tat. Er berichtete auch von den Ereignissen, die mit seiner Verbannung durch Meister Matthias von Pera, dem Vater seiner Angebeteten, zusammenhingen, verschwieg ihr jedoch die schwere Verletzung, die er davongetragen und die ihn an den Abgrund des Todes gebracht hatte. Warum sollte die Mutter sich mehr Sorgen machen als nötig? Geschickt hatte er die Funktionseinschränkung der immer noch schmerzenden Schulter bislang zu verbergen gewusst.

Stumm lauschte die Mutter den Worten des Sohnes, drehte ohne eine erkennbare Gemütsregung die Spindel. Erst als Leonhard seine Schilderungen beendet hatte und beschämt auf seine Füße starrte, hielt sie in ihrer Tätigkeit inne. »Es ist nicht recht, was du getan hast, Junge«, sagte sie sanft.

»Nein, Mutter.«

»Du kannst die Reliquie nicht wie ein Stück Gepäck mit dir tragen. Sie gehört an einen heiligen Ort. Du musst sie nach Mainz zurückbringen.«

»Aber man wird mich wie einen Verbrecher behandeln. In einen Käfig wird man mich stecken. Mich vor dem Holztor der gaffenden Menge aussetzen. Mit Dreck und Unrat wird man mich bewerfen …«

Die Mutter schloss ihre Augen und atmete tief. »Was hast du vor?«, fragte sie nach einer Weile des Schweigens.

Leonhard fuchtelte mit seinen Fingern. »Ich werde die Reliquie den Dürener Franziskanern übergeben. Mögen die entscheiden, was damit geschehen soll.«

»Franziskaner? In Wirklichkeit ist es wohl die Liebe, die dich nach Düren treibt, nicht wahr, mein Sohn?«

Leonhard nickte zerknirscht.

»Was dein Unrecht keinesfalls schmälert!«

»Vielleicht war es ja eine göttliche Kraft, die mich bewog, nach dem Annahaupt zu greifen.«

»Eine göttliche Kraft?« Die Mutter starrte durch ihr Spinnrad hindurch. »Die Sache wächst uns über den Kopf, Junge. Ein Mensch bist du. Sicherlich ein guter. Aber der Sohn einfacher Leute. Wir sollten einen Geistlichen zurate ziehen.«

Leonhard breitete hilflos seine Arme aus. »Wen willst du fragen, Mutter?«

»Abt Heinrich von Binsfeld. Ihm vertraue ich.«

Matthias von Pera verbrachte die Weihnachtstage auf dem Krankenbett. Ein heftiges Fieber hatte ihn heimgesucht und wütete tagelang. Die besorgte Klara rief einen Arzt herbei, der den Kranken zur Ader ließ und ihm bittere Arzneikräuter verordnete.

Die Besserung indes ließ auf sich warten. Laut schreiend erwachte der Baumeister nächtens, fuchtelte blindwütig mit den Armen, berichtete von wilden Männern, die ihm Böses wollten. Klara redete beruhigend auf den Phantasierenden ein, doch erst als dieser sich in seinem Fieberwahn völlig verausgabt hatte, hielt er inne und fiel in einen unruhigen Schlaf.

Wenn er am Morgen schweißgebadet erwachte, hatte Klara bereits eine Schüssel mit frischem Wasser aus dem Brunnen herbeigeschafft. Sie wusch den Vater und half ihm in ein neues Schlafgewand. Das Fieber ging in den Morgenstunden zurück, was ihm dann lichte Momente bescherte. Dennoch war er weiterhin sehr schwach, und das Sprechen bereitete ihm größte Mühe. Aus dunkel umrandeten Augen sah er die Tochter an und blinzelte müde.

»Vielleicht muss ich sterben, mein Klärchen!«

»Unsinn«, erwiderte sie entrüstet, obwohl ihr dieser Gedanke schon schmerzlich durch den Kopf gegeistert war.

»Wirst schon sehen, in einigen Tagen bist du wieder auf der Baustelle.«

»Ach, warum? Im Himmel werde ich deine Mutter sehen.«

»Du wirst sie früh genug wiedersehen, Vater, sie kann noch ein paar Jahre auf dich warten. In der Ewigkeit macht ihr das sowieso nichts aus. Aber du wirst noch gebraucht!«

»Wer braucht mich schon? Einen neuen Baumeister hat man schnell gefunden. In Italien laufen solche umher wie hierzulande die Hasen auf dem Feld.«

»Wer redet von Baumeistern? Was ist mit mir?«

Matthias lächelte kraftlos. »Du? Hast du nicht selbst gesagt, dass du kein Kind mehr bist?«

»Eben. Genau deshalb will ich dich eines nicht allzu fernen Tages noch zum Großvater machen.«

»Das ist in der Tat ein Grund, am Leben zu bleiben.«

»In der Martinskirche brennen zahllose Kerzen für deine Genesung.«

»Dann wird es auch so geschehen: Ich werde meine Enkel noch erleben. Allerdings nehme ich an, dass nicht der gute Walter mein Schwiegersohn sein wird, nicht wahr, mein Klärchen?«

»Das hast du äußerst scharfsinnig erkannt, lieber Vater.«

»Du hast Leonhard also immer noch nicht vergessen?«

Klara lächelte entsagungsvoll. »Darüber sind der Worte schon genug gewechselt.«

»Aber er ist fort.«

»Er wird wiederkommen.«

»Was macht dich da so sicher?«

»Leonhard und ich sind füreinander bestimmt.«

Matthias machte ein paar tiefe Atemzüge und schloss die Augen, als schwelge er in fernen Erinnerungen. »Dein Wohl liegt mir am Herzen, mein Kind.« Er griff nach ihrer Hand. »Nach deinem Willen soll es geschehen.«

»Wenn du wieder gesund bist, Vater, werde ich dich an deine Worte erinnern.«

Einen schwindelerregenden Moment lang nur spielte Heinrich von Binsfeld, Vorsteher der Benediktinerabtei zu Kornelimünster, mit dem Gedanken, der heiligen Reliquie in seiner Abteikirche einen ewigen Platz zu sichern. Doch rasch bestimmte die Vernunft wieder die Gedanken des rechtschaffenen Mannes, war er sich doch der Ungeheuerlichkeit des Diebstahls durchaus bewusst.

Der junge Steinmetz hatte ihm das Haupt der Anna in vorläufige Verwahrung gegeben. Gleichzeitig hatte dieser Leonhard die Gelegenheit zur Beichte genutzt. Nein, ein Halunke hatte dort nicht vor ihm im Beichtstuhl gesessen. Ein hadernder Mensch nur, der mit sich selbst im Unreinen war. Ob er, der Abt, es für möglich hielte, dass Gott ihn als sein Werkzeug benutzte, hatte er ihn in seiner Verzweiflung gefragt. Zuerst hatte Heinrich ihn scharf tadeln wollen ob seiner Überheblichkeit. Dann aber hatte er innegehalten: Lag es nicht tatsächlich im Rahmen des Denkbaren, dass der Allmächtige die Überführung der Reliquie von einem Ort zum anderen guthieß? Und dass er einen einfachen Steinmetzen dazu ausersehen hatte, dies zu tun? Womöglich hatten die Mainzer dem Annahaupt ja nicht die nötige Verehrung entgegengebracht und sich so Gottes Unbill zugezogen. Also beließ Abt Heinrich von Binsfeld es bei allgemeinen Worten, bemühte zu ihrer Untermauerung einen Psalm und legte dem Steinmetz eine leichte Buße auf.

Dennoch wollte er ihm keinen Ratschlag schuldig bleiben, was sein weiteres Vorgehen anbetraf. Dass eine Rückkehr nach Mainz ausgeschlossen war, leuchtete dem Abt durchaus ein, schienen doch Leib und Leben des Steinmetzen in Anbetracht der wütenden Mainzer einer nicht geringen Gefahr ausgesetzt zu sein. Die Reliquie den Dürener Franziskanern zu übergeben, hielt er allerdings für eine ausgezeichnete Idee. Sicherlich wussten die frommen Patres, wie in einem solchen Fall nun vorzugehen sei. Und deren Konvent war immerhin von den schützenden Mauern der Stadt umgeben. Kämpfe, sogar Kriege waren aus weitaus geringeren Anlässen als einem Reliquiendiebstahl begonnen worden. Er, Heinrich von Binsfeld, und seine Mitbrüder würden für ein gutes Ende in dieser Angelegenheit beten. Wie immer ein gutes Ende auch aussehen mochte …

Das neue Jahr zählte bereits acht Tage, als Leonhard sich – nach einem ergreifenden Abschied von der Segen spendenden Mutter – auf den Weg nach Düren machte. Eine grell leuchtende Schneedecke hatte inzwischen das Land überzogen.

Abt Heinrich von Binsfeld hatte ihm zur Bewahrung der Reliquie eine kunstvoll verzierte, mit Samt ausgekleidete Schatulle aus Ebenholz überlassen, die Leonhard, wie seinen Augapfel hütend, in einer Brusttasche des Mantels mit sich führte. Gedankenschwer stapfte er durch den Schnee, in Richtung der Stadt, in der er seine Klara wusste.

Kapitel 17

Nach fünf Wegstunden wuchsen die Gemäuer des Kreuzherrenklosters Schwarzenbroich vor ihm aus dem Weiß des Waldes. Leonhard war hungrig und durstig, er lechzte nach einer Rast. Ein Laienbruder ließ ihn durch das Tor in den Klosterhof treten und zeigte ihm den Weg zum Pilgerhaus.

Leonhard betrat eine gemütlich aufgeheizte Wirtsstube. Die großen Wallfahrten fanden in den Sommermonaten statt, aus diesem Grund saß nur eine Handvoll Männer – offenbar Bedienstete des Klosters – an einem der Tische. Sie lauschten voller Ehrfurcht einem hochgewachsenen Mann im Pilgergewand, der in ihrer Mitte saß und sich mit lebhaften Gesten weitschweifigen Betrachtungen hingab.

Leonhard steuerte einen freien Tisch an, ließ sich nieder und nannte einem herbeieilenden Schankburschen seine Bestellung: Gerstenbrot, Käse und ein Becher verdünnten Weines. Gierig langte er zu, nachdem das Gewünschte aufgetragen war. Ein unbestimmtes Glücksgefühl erfüllte ihn plötzlich. Das Brot und der Käse schmeckten köstlich. Verflogen waren mit einem Male die quälenden Ängste seiner Seele. Alles würde nach dem Willen des Allmächtigen geschehen. Und spätestens morgen würde er seine Klara wiedersehen – endlich!

Nachdem er seinen ärgsten Hunger und Durst gestillt hatte, widmete Leonhard seine Aufmerksamkeit dem laut parlierenden Mann und nahm ihn in Augenschein: Nicht nur sehr groß war er, sondern auch gewichtig wie ein Bär. Seine Stimme war dunkel und kehlig, ein strähniger Bart verlieh ihm im ersten Augenblick Autorität. Allerdings verschwamm dieser Eindruck schnell unter seinem unablässigen Geplauder. Um seinen Hals hing an einer Kette eine handtellergroße Muschel, die er immer wieder zwischen seine fleischigen Finger nahm und streichelte wie ein wertvolles Kleinod.

Der Schankbursche hatte Mühe, dem enormen Durst des Mannes nachzukommen, erhielt er doch ständig von ihm Anweisungen, dafür zu sorgen, dass sich keine Luft in seinem Trinkbecher befände. Die Worte des Hünen dröhnten durch die Wirtsstube, weshalb Leonhard gar nicht erst die Ohren spitzen musste, um sie zu verstehen.

Schon bald war der Steinmetz im Bilde: Der Hüne, der sich

Heiner nannte, befand sich auf einer Pilgerreise. Allerdings unternahm er diese nicht zu seinem eigenen Seelenheil, sondern im Auftrag seines Herrn, eines flandrischen Patriziers, dessen Diener er war. Offenbar hatte der hohe Herr ein Verbrechen begangen, über dessen Natur sich Heiner, seiner sonstigen Redseligkeit zum Trotz, beharrlich ausschwieg. Jedenfalls schien der Patrizier für seine Missetat – wie immer sie auch ausgesehen haben mochte – nicht belangt worden zu sein. Doch einen Unbestraften plagt mitunter erst recht das schlechte Gewissen. Ein Geistlicher, bei dem er zur Beichte ging, hatte ihm Wallfahrten empfohlen: nicht nur zur eigenen Sühne, sondern vor allem zum Wohle der Seele des Geschädigten, der, wie Leonhard im Stillen vermutete, möglicherweise nicht mehr unter den Lebenden weilte.

Wallfahrten also. Zuerst nach Santiago, dann nach Aachen, dann nach Rom und schließlich nach Jerusalem! Leonhard blies die Wangen auf. Ungeheuerliche Reisen von einem Ende der Welt zum anderen, die dem Patrizier gewiss nicht fürs Äpfelstehlen auferlegt worden waren. Ein einfacher Steinmetz jedenfalls hätte sich eine solche Art der Sühne nur schwerlich leisten können.

Doch noch bevor der Reumütige seine Pilgerreise hatte antreten können, hatte ihn aus heiterem Himmel der Schlag getroffen. Unfähig zu sprechen, seiner Beweglichkeit verlustig und um sein Seelenheil fürchtend, hütete er fortan das Krankenbett, umsorgt von seiner flennenden Frau und der Dienerschaft. Die Ausführung der Wallfahrt jedoch übertrug er stellvertretend an Heiner. Und er hätte keinen Besseren bestimmen können, zumindest, wenn man den Worten des Redners Glauben schenken mochte. Groß und kräftig, wie er war, konnte er es sich sogar leisten, alleine zu reisen – war er doch imstande, jeder Gefahr zu trotzen. Und Gefahren lauerten unterwegs genug, selbst wenn die Wege der Pilger besonders geschützt wurden. Nur wenn der starke Heiner einmal Lust auf Geselligkeit bekam, schloss er sich einer Pilgergruppe an und beglückte die Wallfahrer mit seinen Geschichten. Denn erlebt hatte er bereits allerhand: Auf dem Weg nach Spanien hatten ihn vor Clermont Wegelagerer überfallen. Es war allerdings nicht sonderlich schwer gewesen, die Meuchler in die Flucht zu schlagen, nachdem sie Bekanntschaft mit seinen Fäusten – besser: Pranken! – gemacht hatten. In Santiago de Compostela hatte er gleich drei dreiste Taschendiebe den Bütteln überantwortet, bevor er sich in der Kathedrale endlich frommen Gebeten und Bittgesängen – dem wahren Sinn der Wallfahrt – hingegeben hatte.

Ach, natürlich hatte der gute Heiner auch auf dem Rückweg noch manches Abenteuer überstanden. So zum Beispiel in Tours, nachts, in einer dunklen Gasse. Wieder hatten ein paar unverbesserliche Räuber ihn um sein Geld erleichtern wollen, womit sein Herr ihn offenbar mehr als reichlich ausgestattet hatte. Auch diesem französischen Pack war's selbstverständlich übel ergangen! Oder in Paris, wo eine liederliche Hure den Pilger von seinen frommen Absichten hatte abbringen wollen.

»Aber nicht mit mir!« Heiner pochte auf die Muschel an seiner Brust. »Ein andermal ja, habe ich zu ihr gesagt. Aber nicht auf einer Wallfahrt. Ich habe da meine Prinzipien. Es geht um das Seelenheil meines Herrn!«

Heiners Zuhörer machten ein paar Witzchen, doch mit einer barschen Handbewegung brachte der Pilger sie zum Schweigen: Er war mit seinen Erzählungen noch längst nicht am Ende. »Und jetzt«, fuhr er fort, »geht's nach Aachen. Das Kleid der Maria und die Windeln des Jesuskindes will ich sehen!«

»Du wirst eine Menge Geld berappen müssen, damit man dir die Heiligtümer zeigt«, warf jemand ein. »Die nächste öffentliche Zeigung der Reliquien gibt es erst in zwei Jahren!«

»Geld ist kein Problem«, prahlte Heiner, bei dem sich allmählich die Wirkung des Weines bemerkbar machte. Mit seiner geduldigen Zuhörerschaft indessen schien er zufrieden zu sein.

»He, Schankbursche! Bring Wein für alle!«

»Auch für den da?«, fragte der Bursche und deutete auf den abseits sitzenden Leonhard.

Heiner blinzelte zu dem jungen Steinmetz hinüber. »Gewiss, auch für den! – He, Junge, warum kommst du nicht zu uns an den Tisch und hörst dir an, wie's in der Welt zugeht?«

»Danke. Ich kann auch von hier aus jedes Wort verstehen.«

»Was soll das heißen? Bist dir wohl zu fein, he?«

»Nein, nein«, beeilte sich Leonhard zu antworten. Er hatte wenig Lust auf Streit mit dem hünenhaften Prahlhans. Schließlich wollte er nicht mit einem oder gar zwei blauen Augen geschmückt sein, wenn er Klara endlich morgen in seine Arme schloss. Einen Seufzer unterdrückend, erhob er sich und gesellte sich zu den Männern.

Heiner war's zufrieden. Und er spendierte eine Runde Wein nach der anderen, unverdünnten wohlgemerkt. Sein Vorrat an Abenteuergeschichten schien unerschöpflich.

In Trier habe er, so tat Heiner kund, einer Hexenverbrennung beigewohnt. Er habe gesehen, wie der Teufel aus dem dunklen Rauch herabstieg, um sich der Seele seiner Verbündeten zu bemächtigen. Die gaffende Zuschauermenge habe vor lauter Angst wie eine Herde steinerner Skulpturen dagestanden; selbst der Geistliche, der der Hinrichtung beiwohnte, sei fast in Ohnmacht gefallen, unfähig zu tun, was in dieser Situation richtig gewesen wäre. Nur ihm, Heiner, sei es zu verdanken gewesen, dass Satan das Weite gesucht habe. Denn als Einziger habe er die Geistesgegenwart besessen, auf den Scheiterhaufen zuzueilen, drei Kreuze zu schlagen und ein lautes

Ave-Maria zu beten, was den Höllenfürsten laut schreiend zur Flucht veranlasst habe.

Seine Zuhörer klatschten grölend Beifall und prosteten sich gegenseitig zu, wobei nicht klar war, ob sie seinen Worten Glauben schenkten oder nicht. Doch schien ihnen Glaubhaftigkeit auch nicht sonderlich wichtig zu sein. Nur Leonhard grinste schief.

»Den Teufel hast du also gesehen?«

»So wahr ich hier sitze!«

»Ach ja?«

»Ein übler Kerl, sag ich dir.«

»Und wie sieht er aus?«

»Wer?«

»Der Teufel!«

»Schrecklich! Kaum zu beschreiben, so schrecklich.«

Auch Leonhard war der Wein längst zu Kopf gestiegen. Dennoch empfand er es als seine Pflicht, dem Heiner seine Meinung über das Gesagte kundzutun, wenngleich der andere seinen Spott offenbar nicht zur Kenntnis nehmen wollte.

»Na, dann kann man ja von Glück sprechen, dass du da warst.«

»Wo?«

»Bei der Hinrichtung, meine ich. Und dem Teufel die Leviten gelesen hast.«

»Kann man wohl sagen. Auf einer Wallfahrt kann man was erleben, sage ich dir.« Er rülpste laut und sah Leonhard dann aus verwässerten Augen an. »Und du? Wohin pilgerst du, Junge?«

Leonhard griff nach einem der Becher, die der Schankbursche soeben wieder hergebracht hatte. »Nach Düren!«

»Düren? Habe dort genächtigt, gestern. Wüsste nicht, dass es da was zu verehren gäbe. Ein langweiliger Ort.«

Leonhard leerte seinen Becher in einem Zug. Heiners Worte ärgerten ihn, als hätten sie ihn persönlich beleidigt. Düren ein langweiliger Ort? Die Stadt, die ihn und Klara verband?

»In Düren gibt's weiß Gott nichts zu verehren«, lachte Heiner nun laut.

»Da irrst du dich«, erwiderte Leonhard trotzig.

»So? Und was, meinst du, gibt es dort zu verehren? Das Sackhaar des Teufels?«

»In Düren ...« Leonhard linste in seinen leeren Becher und kaute auf einem Mundwinkel. »In Düren verehrt man das Haupt der heiligen Anna!«

Heiner wedelte mit einem Finger. »Oh nein, mein Freund!« Er unterdrückte einen neuerlichen Rülpser, bevor er mit einer singsangähnlichen Stimme weitersprach: »Willst mich wohl zum Narren halten, he? Zufällig weiß ich, dass man das Annahaupt in Mainz verehrt. In der Stephanskirche. Hat mir ein Pilger aus Mainz erzählt. Du siehst, mich führst du nicht hinters Licht.«

Leonhard hickste. »Verehrter Vertreiber des Teufels, du irrst dich! Das Annahaupt wird nicht länger in Mainz verehrt. Es befindet sich auf dem Weg nach Düren!«

»Was redest du da, Grünschnabel? Das Annahaupt auf dem Weg nach Düren? Woher willst du das wissen?«

»Ich trage es bei mir!«

Die Männer begannen wieder einmal laut zu lachen. »Dann zeig mal her!«, forderte ihn jemand auf.

Einen Wimpernschlag nur zögerte Leonhard. Der Schankraum drehte sich vor seinen Augen. Doch dann holte er die Schatulle hervor, die Abt Heinrich von Binsfeld ihm zum Transport der Reliquie überreicht hatte. Mit ungeschickten Bewegungen klappte er den Deckel hoch und präsentierte den Männern den kostbaren Inhalt.

»Das Haupt der Anna!«, verkündete er flüsternd.

»Woher hast du das?«, fragte Heiner lauernd.

»Aus der Stephanskirche zu Mainz!«

Zunächst starrten alle gebannt in die Schatulle, dann, wie auf ein geheimes Kommando hin, erschallte das Lachen der Männer von Neuem, nur dass sie diesmal einfach nicht mehr damit aufhören wollten.

Heiner schlug dem Leonhard auf die Schulter, zum Glück war es die gesunde. »Das muss man dir lassen«, prustete er, »Märchen erzählen kannst du noch besser als ich. Lass uns noch einen saufen, Junge! Trinken wir auf dein Annahaupt!«

Getrunken wurde auch in einer Badestube zu Münster, unweit des Domes. Hans Fust und der Kutscher räkelten sich in den Wasserzubern, jeder ein kicherndes Weibsbild in seinen Armen, singend und Weinbecher schwenkend. Ein Spielmann schlug die Laute und erfüllte die Badestube mit hellen Klängen. Bademägde sorgten für Nachschub an Getränken und Speisen. Es herrschte reger Betrieb, sehr zur Freude des Baders, der mit verschränkten Armen durch den Dunst der Stube spähte und seinen Mägden gelegentlich Anweisungen gab. Ein eintretender Gast rang seinem bisher reglosen Gesicht ein beflissenes Lächeln ab.

»Edler Herr«, begrüßte der Bader den Ankömmling salbungsvoll, »was kann ich für Euch tun? Ein Bad? Eine Massage?«

Hurt bedachte ihn nur mit einem kurzen Blick. »Nein, nichts von alledem.«

»Vielleicht bevorzugt Ihr Rutenstreiche? Ausgeführt von einer drallen Magd, versteht sich.«

Hurt schüttelte stumm den Kopf und ließ den händeringenden Badewirt stehen. Mit lauten Schritten steuerte er die beiden Zuber an, in denen Hans und der Kutscher sich mit ihren Dirnen vergnügten.

Hans sah ihn kommen. »Sieh da, der Herr Hurt«, sagte er

und zwinkerte dem Kutscher zu. »Ein heißes Bad wird auch unserem adeligen Muttersöhnchen nicht schaden, was meinst du, Knollennase?«

Der Kutscher lachte verschmitzt und widmete sich wieder seinem Weibsbild.

»Schluss damit!«, polterte Hurt, der vor den Zubern stehen geblieben war.

Hans grinste matt. »Was wir am Abend tun, geht Euch nichts an, Hurt.«

»Seit Tagen tut Ihr und der Kutscher nichts anderes mehr, als Euch in Wirts- und Badehäusern herumzutreiben.«

»Jaja, auch die Knollennase weiß das Leben zu schätzen. Übrigens habt Ihr vergessen, das Freudenhaus zu nennen, nicht wahr, Knollennase?«

»Hähä«, machte der Kutscher.

»Wie ich sehe, habt Ihr doch noch Freundschaft mit unserem Rosselenker geschlossen, Fust.«

»Mit wem wohl sonst?«

»Baden und Dirnen gehören nicht zu unserer Mission. Wir haben einen Dieb zu finden.«

»Und seit Tagen erkläre ich Euch, dass er nicht hier in Münster ist, diese Stadt wahrscheinlich noch nie in seinem Leben betreten hat. Meine Nachforschungen hier waren gründlich, das versichere ich Euch. Ihr wart es, der darauf beharrte, dieser falschen Spur nach Münster zu folgen. Längst hätten wir den Dieb gefunden, hättet Ihr bloß auf mich gehört anstatt auf diese jüdische Hure!«

Etwas kleinlauter erwiderte Hurt: »Also gut, Fust. Ihr habt recht gehabt.«

»Aber, Hurt, Ihr solltet Euch das nicht so zu Herzen nehmen«, verfiel Hans in einen schwülstigen Tonfall. »Jeder kann sich mal irren!« Wieder zwinkerte er dem Kutscher zu. »Macht's wie die Knollennase und ich: Steigt in einen der Zuber und lasst Euch ein wenig verwöhnen. Und morgen sehen wir weiter.«

Hurt sah ihn voller Verachtung an. »Ich weiß nicht«, sagte er mit gefährlich leiser Stimme, »ob es Eurem Onkel gefallen würde, wenn er wüsste, was Ihr hier so treibt.«

»Da macht Euch keine Sorgen, verehrter Hurt. Der Dechant ist sich darüber im Klaren, dass dieser Mission ohne mich kein Erfolg beschieden wäre. Denn, mit Verlaub, mit Diplomatie und Politik allein ist es nicht getan. Hier wird eine Spürnase benötigt. Und die, werter Hurt, besitzt Ihr nicht.«

»Dann hoffe ich, dass Ihr, Eure Spürnase und der Kutscher morgen früh bei klarem Verstand seid. Bei Sonnenaufgang brechen wir auf – Richtung Aachen!«

Er machte kehrt und verließ ohne ein weiteres Wort die Badestube.

»Aber gewiss, verehrter Herr Hurt«, sagte Hans wie zu sich selbst und neigte ergeben seinen Kopf. Dann befahl er der Dirne, ihre tastenden Liebkosungen fortzusetzen.

Kapitel 18

Dechant Fust schreckte schweißgebadet aus seinem ohnehin unruhigen Schlaf. Wieder hatte er diesen Traum gehabt. Der Löwe, der das Haupt der Heiligen in sich hineinschlang! Seit Wochen träumte er nun den Traum, jede Nacht; manchmal war es gar helllichter Tag, wenn diese Vision ihn heimsuchte. Und immer wieder hörte er – wie aus einer weiten Ferne – die Stimme, die verlauten ließ, dass der Fischer alles begrüßen werde …

Er erhob sich von seiner Bettstatt. An Schlaf war nicht mehr zu denken. Der Traum beendete die Nacht für ihn, so war es immer. Myriaden von Gedanken und Fragen, die durch seinen greisen Kopf schwirrten. Und keine Antworten.

Fust tastete sich durch das Dunkel der Kammer, bis er das Fenster erreichte. Er klappte den Holzverschlag beiseite und schaute nach draußen. Hier, vom Stephansberg herab, ließ sich das von einer weißen Schneedecke überzogene Mainz überblicken. Der Nachthimmel war wolkenverhangen und sternenlos, das Weiß des Schnees tauchte die Stadt dennoch in ein mildes Licht. Dort hinten, Richtung Nordost, floss der Rhein in seinem ewigen Bett und schlug eine breite Schneise in den Winter. Menschen waren nicht zu sehen, nicht mal ein Hund, der durch die Gassen irrte. Fust schien der einzige Mensch in dieser leblosen Stadt zu sein.

Die Kälte machte ihm nichts aus. Möglich auch, dass er sie überhaupt nicht wahrnahm. Mit verschränkten Armen gab er sich seinen Gedanken hin. Beinahe drei Wochen waren Hans und Hurt nun unterwegs. Drei lange Wochen, in denen er nichts von ihnen gehört hatte. Ob ihnen etwas zugestoßen war? Räuber, Meuchler, Wegelagerer, die ihnen aufgelauert hatten? Ausgeschlossen, sagte er sich. Denn Hans war dabei. Das Böse richtet sich nicht gegen sich selbst. Traurig, aber wahr. Und in diesem Fall sogar von Vorteil. Denn wer sonst wäre imstande, die Reliquie zurück nach Mainz zu bringen?

Fust sprach ein Paternoster, wie er es immer tat, wenn seine Gedanken ihn selbst erschreckten. Einmal mehr hatte er sich dabei ertappt, den Ziehsohn als gefühllosen Unhold zu sehen. Doch im Grunde war ja er es, Fust, der diesen Menschen aus ihm gemacht hatte: Er hatte in jeder Hinsicht versagt! Und nun hatte er ihn gar zum Jäger erkoren.

Mit einem Mal sorgte der Dechant sich um das Leben des jungen Steinmetz, der vor Wochen – in seiner Kirche, bevor alles begann – dieses eigenartige, unbestimmbare Gefühl in ihm geweckt hatte. Klar und deutlich sah er es vor sich, das Gesicht des Leonhard. Die feinen Lippen, die geschwungenen Augenbrauen, die klaren blauen Augen. Und es war, als fiele ein Schatten über dieses Gesicht. Der Schatten eines Hünen. Hans' Schatten! Fust ahnte: Hans würde dem Dieb Gewalt antun, wenn er die Gelegenheit dazu bekäme, dies unbeobachtet zu tun.

Nun begann der Dechant doch zu frösteln und schloss das Fenster. Was hatte er da ins Rollen gebracht? Zum ersten Mal in seinem Leben überkam ihn der Wunsch zu sterben. Warum sollte er sich auf Erden mit gestohlenen Knochen plagen, wenn ihn im Himmel die Ewigkeit erwartete? Denn trotz all seiner Fehler und Versäumnisse hoffte er, nach einer angemessenen Verweildauer im Fegefeuer die Gnade des höchsten Richters zu erlangen.

In der Hoffnung, dass der Schlaf ihn zurückhole, legte er sich wieder in sein Bett. Doch die Gnade des Schlafes blieb aus. Was blieb ihm also übrig, als mit Gebeten seine dunklen Gedanken zu vertreiben.

Klara lag ebenfalls noch wach, doch sie war auch nicht ernsthaft bemüht, sich dem Schlaf hinzugeben. Ihre Hände unter den Kopf gebettet, starrte sie in die Dunkelheit, dachte an Leonhard, dachte an ihren Vater, dachte an tausend Dinge.

Nun, wenigstens die Sorge um das Leben ihres Vaters war sie losgeworden. Das Fieber war endlich gewichen; seit zwei Tagen schwang der Baumeister wieder – wenn auch noch etwas schwächelnd – das Zepter an der Baustelle der Martinskirche. Klara hatte ernsthaft um sein Leben bangen müssen; es war eine furchtbare Erfahrung gewesen. Doch das Fieber hatte Vater und Tochter einander nähergebracht. Matthias, den

Tod vor Augen, hatte Klara zu verstehen gegeben, dass ihr Glück ihm mehr bedeutete als alles andere auf dieser Welt. Also würde er seinem einstigen Gesellen keine Steine mehr in den Weg legen. Und Leonhard würde auf jeden Fall wiederkommen. Wenn es eine unumstößliche Gewissheit auf dieser Welt gab, dann diese.

Klara lauschte in die Nacht. Alles war ruhig. Die Stadt, so betriebsam und laut es am Tage auch in ihr zugehen mochte, lag versunken unter einem dunklen Mantel des Friedens. Nicht einmal der Nachtwächter ließ von sich hören, als fühlte er sich durch diese eigenartige Ruhe von seinen Pflichten entbunden. Vielleicht war der Gute ja tatsächlich eingeschlafen. Es wäre nicht das erste Mal, dass dem alten Winfried dieses Missgeschick widerfuhr. Schon oft hatte man ihn deswegen gerügt: vergeblich. Manchmal kam Morpheus eben einfach über ihn, ohne dass er sich dagegen hätte wehren können. Ein Wunder, dass er noch nicht erfroren war oder verbrannt, fand man ihn doch bisweilen morgens in einer Nische der Stadtmauer kauernd vor, in seinen Händen die längst erloschene Laterne. Allerdings brachte man es nicht übers Herz, den Alten um sein Brot zu bringen.

In der Ferne bellte ein Hund. Jetzt hörte Klara das Stapfen leichter Schritte. Sie lächelte. Offenbar war es Winfried in dieser Nacht gelungen, den Schlaf von sich fernzuhalten.

Die Schritte verharrten plötzlich, was Klara irritierte. Jeden Moment erwartete sie die heisere müde Stimme des Nachtwächters zu vernehmen, der verkündete, was die Stunde geschlagen habe. Doch es blieb still. Auch der Hund hatte sein Gebell beendet.

Nach einer Weile ein Geräusch!

Pock!

Klara schlug das Herz bis zum Hals. Da, wieder! Als würfe jemand Steinchen gegen die Holzlade ihres Fensters.

Und dann: Ein Pfeifen! Ganz kurz nur, aber unüberhörbar.

Mit zitternden Knien erhob sie sich von ihrem Bett und schritt auf das Fenster zu. Eine vage Hoffnung keimte in ihr auf, ein unerhörter Gedanke.

Konnte es tatsächlich sein, dass es jetzt schon so weit war?

Pock!

Sie hätte laut schreien können vor Glück. Mit hastigen Bewegungen machte sie sich am Fensterladen zu schaffen. Endlich offenbarte sich ihr der Blick auf die nächtliche, von frischem Schnee überzogene Straße.

Ein schmerzlicher Stich der Enttäuschung, ja der Verzweiflung drang in ihr Herz, als sie erkannte, dass es keineswegs Leonhard war, der von unten zu ihr empor sah. Im fahlen Licht der Nacht erkannte sie einen – offenbar noch sehr jungen – Mann in einer Franziskanerkutte. Erst jetzt wurde ihr bewusst, dass sie lediglich mit einem Nachthemd bekleidet war. Hurtig kreuzte sie die Arme vor ihrer Brust. Der Mönch jedoch schien sich an ihrem Anblick nicht zu stören.

»Ihr seid Klara von Pera?«, rief er mit gedämpfter Stimme. »Die Tochter des Baumeisters?«

»Die bin ich«, erwiderte sie in gleicher Weise. »Und wer, bei allen Heiligen, seid Ihr?«

»Antonius, Novize des Franziskanerordens. Leonhard schickt mich!«

Klara schluckte. »Leonhard? Wo ist er?«

»Bei uns, im Kloster.«

»Er ist in Düren?«

Antonius mahnte sie, leiser zu sprechen, indem er einen Finger auf seinen Mund presste.

Klara wurde beinahe schwindelig vor Freude. »Warum kommt er nicht selbst?«, fragte sie den Novizen, der nervöse Blicke in alle Richtungen warf.

»Er möchte sich nicht nächtens wie ein Dieb aus dem Kloster stehlen. Leonhard und ich – wir haben Freundschaft geschlossen. Deshalb hat er mich gebeten, Euch eine Botschaft zu übermitteln.«

Am liebsten hätte Klara ihm tausend Fragen gestellt. Doch dazu war es weder die richtige Zeit noch der richtige Ort. »Was lässt er mir ausrichten?«, beschränkte sie sich auf das Wichtigste.

»Er möchte Euch sehen.«

»Wann? Und wo?«

»Morgen, wenn die Glocken zur Sext läuten. Am Ufer der Rur, in eurer Aue. Ihr wisst, wo das ist, hat er gesagt.«

Natürlich wusste sie das. Wieder unterdrückte sie das Bedürfnis, vor Freude lauthals aufzuschreien. Leonhard war zurück! »Ich werde dort sein«, versicherte sie dem Novizen.

Antonius nickte, hob eine Hand zum Gruß und stahl sich nach ein paar weiteren schnellen Blicken über seine Schultern davon.

Es waren die längsten Stunden in Klaras Leben. Natürlich hatte sie in der Nacht kein Auge mehr zugetan. Zu bohrend waren die Fragen, die sie bedrängten, zu groß die Sehnsucht nach dem Geliebten, den sie nun wieder innerhalb der Mauern wusste. Noch nie hatte sie ihr Herz so deutlich klopfen gespürt.

Dem Vater gegenüber versuchte sie, sich nichts anmerken zu lassen. Zum Frühstück kochte sie ihm einen Brei aus Dinkel und bemühte sich, aus der Unterhaltung, die Matthias in Gang brachte, keinen Monolog werden zu lassen. Mit der Ermahnung, seine eben erst wiederhergestellte Gesundheit zu schonen und sich nicht allzu heftig in die Arbeit zu stürzen, entließ sie den Vater nach dem gemeinsamen Morgenmahl.

Am späten Vormittag suchte sie ihn – wie sie es inzwischen wieder regelmäßig tat – in der Martinskirche auf, um sich nach seinem Wohlergehen zu erkundigen. Dem Vater ging es gut, wovon sie sich überzeugen konnte; er dirigierte seine Steinmetze wie eh und je, als sei er niemals ernsthaft krank gewesen. Vor aller Augen küsste sie den Vater auf die Wange und verließ die Kirche. Am Portal begegnete ihr Walter, der mit ein paar Holzbrettern unter seinem Arm in die Kirche trat und Klaras Gruß mit einem eisigen Blick erwiderte.

Nun wurde es Zeit. Nicht mehr lange, und die Glocken würden zur Sext läuten. Der Moment des Wiedersehens nahte nun doch unaufhaltsam, nachdem die Zeit zuvor gleich einem zähen Schleim dahingeflossen war. Klara beschleunigte ihren Schritt und überquerte den Hühnermarkt. Auf der Weiherstraße umringte eine Menschenmenge einen laut schreienden alten Esel, der im Schneematsch ausgerutscht war und sich offenbar ein Bein gebrochen hatte. Nun wartete man auf den Fleischhauer, damit er dem armen Tier den Gnadenstoß gab.

Klara ließ den Esel und die Menschenmenge hinter sich, verließ durch das Holztor die Stadt und begann zu laufen, so schnell ihre Füße sie trugen.

Endlich kam die an ihren Ufern gefrorene Rur in Sicht. Klara rannte. Ihr Mund stieß weiße Wölkchen aus.

Dort vorne: Die Aue! Umgeben von schneebeladenen Bäumen. Ihre Aue.

Eine gefrorene Pfütze ließ sie straucheln. Mit Mühe hielt sie ihr Gleichgewicht und rannte weiter.

Am Ufer: eine Gestalt.

»Leonhard!«

Der Gerufene drehte sich um.

»Mein Klärchen!«

Im nächsten Augenblick lagen die beiden Verliebten sich in den Armen: Klara, völlig außer Atem und dennoch schluchzend vor Glück, Leonhard, der nicht wusste, ob er wachte oder träumte.

Ihre Umarmung wurde zu einem Akt der Leidenschaft. Hände tasteten wild über den Körper des anderen, ihre Münder pressten sich aufeinander, ihre Zungen fanden sich und die Welt um sie herum verschwamm zu einem unwirklichen Ort.

Ein kalter Wind wehte den hellen Klang der Glocken hinüber, die in der Stadt zur Sext läuteten.

Klara und Leonhard aber schienen beschlossen zu haben, einander nie mehr loszulassen.

Der Mann, der Klara gefolgt war, hatte wenig Mühe darauf verwenden müssen, von ihr unbemerkt zu bleiben. Zielstrebig war Klara vorangeeilt, hatte nicht einen Blick zurückgeworfen. Ihre Gedanken schienen nur einem einzigen Menschen zu gelten.

Klaras Verfolger konnte es sich leisten, ein grimmiges Lachen von sich zu geben, vor dem jedes Kind wohl Reißaus genommen hätte.

Kapitel 19

Du hast ... was?« Klara sah Leonhard ungläubig an. Der Steinmetz stierte in die kalten Fluten der Rur.

»Eine Reliquie entwendet«, bekannte er kleinlaut. »In der Sankt-Stephans-Kirche zu Mainz. Das Haupt der Anna!«

»Ich ... verstehe nicht. Wozu entwendest du das Haupt einer Heiligen?«

Leonhard hob seine Schultern und fand sein Lächeln wieder. »Es kam über mich. Einfach so.«

»Ach?! Einfach so?«

»Der Gedanke, das Haupt der Anna könne uns wieder zusammenbringen, suchte mich heim wie der Teufel den Sünder. Wie von einer fremden Kraft gesteuert, nahm ich die Reliquie an mich und floh aus der Stadt.«

Klara nahm seinen Kopf zwischen ihre Hände und zwang ihn, sie anzusehen. »Zwar weiß ich nicht, was das Haupt einer Heiligen mit uns beiden zu tun hat, Liebster, aber immerhin – du bist hier!«

»Wahrscheinlich«, sagte Leonhard tief durchatmend, »wahrscheinlich habe ich diese sündige Idee gehabt, weil ich glaubte, dein Vater würde mich nicht noch einmal aus der Stadt jagen, wenn ich der Pfarre einen unbezahlbaren Dienst erweise.«

»Was meinen Vater angeht, so glaube ich, dass er sein Handeln längst bereut hat. Daher hättest du diese Sünde nicht zu begehen brauchen. Und was den unbezahlbaren Dienst an der Pfarre betrifft: Ich kann mir nicht vorstellen, dass man in Mainz tatenlos bleibt. Gewiss wird man nach dir suchen lassen.«

»Deshalb habe ich die Reliquie den hiesigen Franziskanern übergeben, die mich vorläufig beherbergen. Sie werden dafür Sorge tragen, dass das Annahaupt zurück nach Mainz gelangt.«

Klara schmunzelte. »So ist denn mein angebeteter Held einer Versuchung erlegen.«

»Ich erlag ihr nur deinetwegen!«

»Wie geht es nun weiter?«

»Wenn die Sache von den frommen Ordensbrüdern geregelt ist, werde ich beichten, scheint mir doch die Buße, die der gute Abt Binsfeld mir auferlegte, etwas gering. Und danach werde ich deinen Vater aufsuchen und um deine Hand anhalten.«

Sie packte ihn bei den Schultern, sodass er schmerzhaft zusammenfuhr. »Aber warum nicht gleich?«, fragte sie beschwörend.

Leonhard schüttelte den Kopf. »Sachte, Liebste. Zuerst müssen die Dinge geklärt sein, sonst wird mir bald der Ruf eines gemeinen Diebes und Heiligtumsschänders vorauseilen. Und dann jagt dein Vater mich in der Tat ein zweites Mal aus der Stadt. Der Prior der Franziskaner gebot mir Stillschweigen.«

»Dann hast du schon wieder gesündigt, indem du mir davon berichtet hast.«

»Keinen weiteren Tag mehr hätte ich durchgestanden, ohne dich zu sehen. Wie aber hätte ich mein Hiersein erklären können, ohne dir die Wahrheit zu sagen? Du bist mein Leben. Ich vertraue auf deine Verschwiegenheit. Alles wird gut!«

Wieder umarmten sie sich.

»Was«, fragte Klara nach einer Weile sorgenvoll, »ist mit deiner Schulter?«

»Dir entgeht wohl nichts.«

»Bist du verletzt?«

»Du brauchst dir keine Sorgen zu machen.«

»Was ist geschehen?«

»Dir das zu erzählen, fehlt uns im Augenblick die Zeit. Ich muss zurück ins Kloster – und das möglichst unerkannt.«

»Aber …«

»Geduld, meine Liebste. In wenigen Tagen ist die Sache ausgestanden. Bis dahin sollten wir uns nicht mehr treffen. Wenn ich dir etwas Wichtiges mitzuteilen habe, sende ich dir meinen Freund, den Novizen Antonius. Ihm kannst du bedenkenlos vertrauen.«

»Die Tage werden wie Jahre sein. Ich bete, dass alles gut geht!«

»Vertraue mir, alles wird gut. Und jetzt: Auf bald!«

Ein letztes Mal küssten sie sich leidenschaftlich, bevor sie sich schweren Herzens trennten, um – die eine durchs Holztor, der andere durchs Philippstor – in die Stadt zurückzukehren.

Walter trat hinter dem Brombeerstrauch hervor und starrte den beiden finster hinterher. Seine Kiefer mahlten, seine Augen glitzerten böse. Er murmelte ein paar Unheil verheißende Worte vor sich hin, bevor auch er sich mit hastigen Schritten auf den Weg zurück in die Stadt machte.

Pater Johann Kirchberg, Prior des Dürener Franziskanerklosters in Bethanien zu Düren, hielt es für angebracht, nach der Non eine außerordentliche Kapitelversammlung einzuberufen. Etwa drei Dutzend Fratres hatten auf den steinernen Bänken, die die Wände des Kapitelsaales säumten, Platz genommen und lauschten Johanns Worten.

»Brüder in Christo«, begann der Prior, und seine Stimme hallte von den kahlen Wänden wider. »Gewiss erscheint es euch seltsam, dass ich euch zu dieser Stunde hierher bestelle, doch Ungewöhnliches hat sich zugetragen.« Er räusperte sich und holte tief Luft. »Das Haupt der heiligen Anna, der Großmutter unseres Herrn Jesus, befindet sich seit gestern innerhalb unserer Klostermauern, herbeigeschafft durch einen jungen Steinmetz, der die Reliquie nach eigener Aussage in einer Mainzer Kirche entwendete.«

Überraschtes Gemurmel wurde laut, doch eine abrupte Handbewegung ihres Priors ließ die Brüder verstummen.

»Absolute Verschwiegenheit sei euch in dieser Angelegenheit auferlegt!«, rief er streng und unterstrich seine Weisung mit einem drohend erhobenen Zeigefinger. Leiser fuhr er dann fort: »Leonhard, der Steinmetz, bat mich bei seiner Ankunft, die Reliquie nach Mainz zurückzusenden; offenbar ist ihm die Ungeheuerlichkeit seines Tuns inzwischen bewusst geworden. Ich versprach ihm, seinem Wunsch nachzukommen.« Er starrte auf seine gefalteten Hände. »Nun aber ist etwas geschehen, was mich nachdenklich macht. Und ich bin begierig zu erfahren, wie ihr, liebe Brüder in Christo, über diese Sache urteilt. – Frater Andreas, du hast uns etwas Wundersames zu berichten, nicht wahr?«

Alle Blicke richteten sich auf einen etwa dreißigjährigen Mönch, der in ihrer Mitte saß und nervös an den Ärmeln seiner Kutte zupfte. Der heilkundige Bruder Andreas hatte die Leitung des Krankensaales unter sich.

»Ihr alle kennt unseren verehrten Mitbruder Johannes«, begann er mit mühsam unterdrückter Erregung. »Vor zwei Jahren traf ihn der Schlag; seitdem hütet er das Krankenbett, unfähig, zu gehen und zu sprechen. Nur mit Mühe war er imstande, den Leib und das Blut unseres Herrn zu empfangen, war doch jeder Schluck und jeder Bissen, den er tat, eine schmerzhafte Prozedur für ihn. Dennoch ertrug Johannes sein Los mit unerschütterlichem Gottvertrauen. Heute Morgen, so scheint es, hat der Herr im Himmel die Geduld unseres Mitbruders belohnt: Zum ersten Mal, seit das Gebrechen ihn heimsuchte, erhob Johannes sich von seinem Lager und wandelte – mühsam zwar, doch ohne jegliche Hilfe – durch den Krankensaal. Die verblüfften Pfleger und ich mussten zunächst unsere Sprachlosigkeit überwinden, bevor wir ihn überreden konnten, seine neu erwachten Kräfte nicht zu sehr zu strapazieren und sich wieder auf sein Bett zu setzen. Das Morgenmahl, das wir ihm daraufhin reichten, aß er mit Genuss und Appetit; noch nie hatte der Kranke bis dahin mehr als drei Bissen heruntergebracht. Ich glaube, an Frater Johannes ist ein Wunder geschehen. Niemals hätte ich eine derartige plötzliche Besserung seines Gesundheitszustandes für möglich gehalten.«

»Was möglicherweise daran liegt«, unterbrach ihn der alte Subprior Luitger, »dass du noch nicht allzu reich an Jahren bist, lieber Mitbruder. Ich jedenfalls habe im Laufe meines Lebens schon manchen Kranken gesehen, dem eine plötzliche Genesung widerfuhr. Selbst Pestkranke gesundeten wieder. Die Gnade unseres Herrn ist unermesslich.«

»Lassen wir das Alter unseres Mitbruders und die genesenen Pestkranken einmal außer Acht«, warf der Prior mit einer ungeduldigen Handbewegung ein. »Haltet ihr, Brüder in Christo, es für möglich, dass die Anwesenheit der Reliquie in unserem Kloster Wunder gewirkt hat?«

»Wie könnte sie das?«, erwiderte der alte Subprior fuchtig. »Sie wurde auf frevelhafte Weise gestohlen. Eher würde der Herr unseren Konvent mit Unheil strafen, als diese Reliquie Wunder tun zu lassen.«

Antonius, der Novize, hob schüchtern eine Hand. »Verzeiht, Frater Luitger, aber lasst mich ein paar Worte zu dem Steinmetzen Leonhard sagen, der das Annahaupt hierher brachte.«

Luitger hob missbilligend eine Augenbraue.

»Gestern wurde ich angewiesen, den Steinmetz in sein Quartier zu geleiten«, fuhr Antonius fort, »hatte also Gelegenheit, mit ihm zu sprechen und ihn näher kennenzulernen. Er scheint mir ein gottesfürchtiger, rechtschaffener Mensch zu sein.«

»Pia fraus!«, brummte Luitger. »Was weißt du schon von den Menschen und der Welt, Novize? Manchmal steckt der Wolf in einem Schafspelz. Und dass er die Reliquie gestohlen hat, lässt sich nicht aus der Welt reden. Gottesfürchtig und rechtschaffen? Wenn er seine Tat wirklich bereut, dann schickt ihn samt der Reliquie zurück nach Mainz, auf dass er die Angelegenheit selber in Ordnung bringe.«

»Ich fürchte«, seufzte der Prior, »die Mainzer würden ihn in Stücke reißen. Außerdem«, er rieb sich sein Kinn, »außerdem stelle ich mir die Frage, ob es nicht unser Herr Jesus selbst war, der die Hand des Steinmetzen führte, als er die Reliquie stahl.«

Im Saal wurde Geraune laut. Johann ließ seine Worte ein paar Augenblicke lang wirken, bevor er die Mitbrüder zur Stille mahnte und weitersprach: »Vielleicht handelte der Steinmetz nach göttlicher Eingebung. Vielleicht will der Herrgott, dass die Reliquie bei uns in Düren bleibt.«

»So wird es sein«, stimmte Andreas begeistert zu. »Hätte der Herr nicht einen Blitz gesandt, um den Steinmetzen zu töten, wenn er seine Tat missbilligte?«

»Törichtes Geplapper!« Luitgers trübe Augen schafften es, erbost zu blinzeln. »Wenn der Herr jede Untat auf der Stelle bestrafen würde, hätte er nichts anderes mehr zu tun. Und das Jüngste Gericht könnte er sich sparen.«

Nun begannen sich auch andere Brüder an der Debatte zu beteiligen. Während einige es tatsächlich für möglich hielten, dass Leonhard einer göttlichen Eingebung gefolgt war, blieben andere skeptisch. Nach einer Weile hob Johann von Kirchberg eine Hand und bat um Ruhe.

»Quot homines, tot sententiae!«, sagte er bedeutungsschwer. Er suchte den Blick eines älteren Mitbruders, welcher der Debatte der anderen bislang aufmerksam, doch mit undeutbarer Stummheit gefolgt war.

»Frater Melchior! Wir alle kennen dich als besonnenen und weisen Mitbruder. Jeder im Konvent schätzt deine Klugheit, und obgleich du ein studierter Mann bist, der im Lauf seines Lebens viele Bücher gelesen hat, lebst du uns immer wieder Demut und Bescheidenheit vor. Sag, warum hältst du uns deine Meinung in dieser Angelegenheit vor? Ich wäre begierig, sie zu erfahren.«

Melchior schob die Hände in die Ärmel seiner Kutte. Der sorgsam gestutzte weiße Bart, den er trug, machte es schwer, sein Alter zu schätzen. Einem Maler oder Bildhauer jedoch hätte er tatsächlich für die Personifikation der Weisheit, von der der Prior gesprochen hatte, Modell stehen können. »Brüder in Christo«, hub er sanft an. »Wer sind wir, dass wir uns anmaßen könnten, die Ratschlüsse unseren Herrn Jesu Christi zu deuten? Folgte der junge Steinmetz einer göttlichen Eingebung oder erlag er finsteren Trieben? Wachten die Engel des Himmels über ihn, als er nach der Reliquie griff, oder wurde er von Satan verführt? Wer von uns glaubt sich von der göttlichen Gnade beseelt, das zu wissen?«

Er sah in die Runde. Nur Luitger trotzte seinem Blick. Dennoch hielt der Subprior es für angebracht, ihm nicht zu widersprechen, galt Melchiors Meinung doch viel im Konvent der Franziskaner.

»Habt Vertrauen in die Wege des Herrn«, fuhr der weise Mann fort, »und versucht nicht, die Taten der Menschen und die Geschehnisse auf dieser Welt nach eurem Gutdünken auszulegen. Debatten führen hier nicht zum Ziel. Schon bald, so seid gewiss, wird sich zeigen, welche Bewandtnis es mit dem Haupt der Anna für uns und unsere Stadt hat. Bis dahin sollten wir uns in Geduld üben und darauf vertrauen, dass gewisse Dinge sich von alleine regeln. Richtet nicht, damit nicht wir gerichtet werden.«

»So sei es denn«, erwiderte Prior Johann mit einem Seufzer, der wie Erleichterung klang. »Ein jegliches hat seine Zeit. Warten wir es ab!«

Noch einmal ermahnte er die Brüder des Konvents zu absolutem Stillschweigen. Dann löste er die Versammlung auf.

Kapitel 20

Im Aachener Wirtshaus »Zum Schwan«, das dem Rathaus auf der anderen Seite des Marktes fast gegenüberlag, führte der hünenhafte Pilger Heiner das große Wort. Auch diesmal hatte er eine nicht unbeträchtliche Schar von Zuhörern um sich gesammelt, die seinen weitschweifigen Erzählungen teils belustigt, teils staunend folgten. Der Wein, den Heiner seinen Lauschern spendierte, tat ein Übriges, damit keiner von ihnen sich zu langweilen brauchte.

Immerhin war Heiner bei der Schilderung seiner wallfahrtlichen Abenteuer bereits in Trier angelangt, wo die Hexe auf dem Scheiterhaufen einen qualvollen Tod starb. Nur war es diesmal nicht der Teufel allein, der aus dem dunklen Rauch herabstieg, um die Seele der Verurteilten an sich zu reißen, nein, eine ganze Legion von Dämonen begleitete den Fürsten der Unterwelt. In diesem Fall reichten drei Kreuze und ein Ave-Maria selbstverständlich nicht aus, um das Böse in die Flucht zu schlagen. Heiner musste schon einen jener Dämonen an den Füßen packen, zu sich herabziehen und seine schäbigen Flügel stutzen. Erst diese Form der Abschreckung ließ die übrigen höllischen Kreaturen das Weite suchen.

Man applaudierte ihm johlend.

Warum die Geschöpfe der Unterwelt ihm nichts anhaben konnten, wollte jemand wissen. In der vergnügten Erwartung einer neuen Anekdote sah man ihn an.

Heiner überlegte und hob einen Finger. »Weil«, erklärte er dann mit feierlichem Ernst, der wohl eher zum Schmunzeln Anlass gab, »weil ich eine Reliquie bei mir führe!« Inzwischen hatte er die Aufmerksamkeit aller Schänkenbesucher auf sich gezogen.

»Was denn für eine Reliquie?«

»Das Haupt einer Heiligen.«

»Zeig's her!«

Heiner tippte an seine Stirn. »Es ist, wie gesagt, eine heilige Reliquie. Wie käme ich dazu, sie jedem dahergelaufenen Trunkenbold zu zeigen?«

Lautes Gelächter.

»Und woher hast du diese heilige Reliquie, werter Herr über Teufel und Dämonen?«

»Ein junger Steinmetz gab sie mir.«

»Natürlich. Bei dir ist sie ja auch in würdigen Händen.«

»Was man von dem Burschen nicht eben behaupten konnte. Er hatte sie in einer Mainzer Kirche gestohlen. Und dann plagte ihn sein Gewissen.«

»Sicher verrätst du uns auch, um welche ehrwürdige Heilige es sich bei dem Haupt handelt?«

»Es ist das Haupt der Anna!«, antwortete Heiner und leerte seinen Weinbecher.

Die drei Männer, die an einem der benachbarten Tische saßen, schienen wie versteinert.

»Was redet der da?«, fragte Hurt, nachdem ihm endlich klar war, dass er sich nicht verhört hatte. Er suchte Hansens Blick.

»Es scheint«, erwiderte dieser mit knirschenden Zähnen, »dass wir am Ziel sind!«

»Der Mann ist ein Schwätzer!«, sagte Hurt.

»Mag sein. Aber die Geschichte mit dem Annahaupt hat er sich nicht aus den Fingern gesogen.« Er stieß den Kutscher an. »Was meinst du, Knollennase: Soll ich mir unseren pilgernden Freund einmal vornehmen?«

»Hähä«, machte der Kutscher.

»Was meint Ihr damit: vornehmen?«

»Das werdet Ihr gleich sehen, Hurt!« Hans erhob sich von seinem Schemel und zupfte seine Kutte zurecht.

»Ihr werdet ihm kein Haar krümmen!«

»Sorgt Euch nicht um ihn. Er wird es überleben.« Er machte ein paar raumgreifende Schritte und kam vor dem Tisch des laut parlierenden Heiner zu stehen.

»Oh, willkommen in unserer frohen Runde, mein frommer Mönch«, begrüßte ihn dieser jovial. »Setzt Euch und trinkt mit uns. Ein wenig Wein wird den grimmigen Schatten, der Euer Gesicht überzieht, sicherlich vertreiben.«

Abermals lachte man lauthals.

»Du führst eine Reliquie mit dir?«, fragte Hans, nachdem das Gelächter halbwegs verklungen war.

»Aber gewiss, Frater.«

»Und wie ich hörte, bist du nicht bereit, sie jedem dahergelaufenen Trunkenbold zu zeigen.«

Heiner grinste breit. »So ist es.«

»Nun, ich bin ein Mann des Glaubens und keiner dieser Trunkenbolde, wie du siehst. Gewiss wirst du mir einen Blick auf das Haupt der Anna gewähren!«

Der fordernde Ton des vermeintlichen Kartäusers verwirrte den Pilger. »So setzt Euch doch zu uns, Bruder, und äh …«

Hans schubste zwei der Zecher grob beiseite und baute sich drohend vor Heiner auf.

»Zeig mir die Reliquie!«, sagte er kalt.

Heiner schluckte und war mit einem Male nüchtern. Das war ihm noch nie passiert. Üblicherweise zollten die Menschen ihm Respekt – wer wollte sich schon mit einem Koloss wie ihm anlegen? Dass nun ein – wenn auch nicht eben schmächtiger – Mönch eine derart nötigende Haltung vor ihm annahm, war etwas völlig Neues. »Ich kann Euch die Reliquie nicht zeigen«, erwiderte er beinahe trotzig.

Mit unendlicher Langsamkeit beugte Hans sich zu dem Sitzenden herab, packte ihn beim Kragen und zog ihn mit einer beängstigend anmutenden Kraft zu sich heran.

In der Schankstube war es plötzlich mucksmäuschenstill. Ein jeder schien den Atem anzuhalten: Der eben noch so geschwätzige Pilger mit der Statur eines Bären befand sich nun stumm vor Schreck in dem eisernen Griff eines Mönches. Und das Unglaubliche daran war, dass er offenbar nicht in der Lage war, sich daraus zu befreien. Nicht einmal den Versuch wagte er. Hilflos wie das Opfer einer Schlange schien er zu sein. Vor sich sah er ein Gesicht aus Stein.

»Du kannst mir die Reliquie nicht zeigen?«

»N-nein, Bruder!«

»Und warum nicht?«

»Ich … führe keine Reliquie bei mir.«

»Soll das heißen, dass du uns alle belogen hast?«

»Belogen? Es sollte natürlich ein Scherz sein, Bruder.«

»Ein Scherz, soso.« Hans lockerte seinen Griff um keinen Deut. Heiner hatte sichtlich Mühe, seine Lungen mit Luft zu versorgen.

»Was ist mit dem Steinmetz, von dem du gesprochen hast?«

»Was … soll mit ihm sein?«

»Gehört der auch zu deinem Scherz?«

»Nein, ich … traf ihn wirklich … in einer Klosterstube vor Düren …«

»Und?«

»Der Junge war sturzbesoffen. Behauptete, das Annahaupt in einer Mainzer Kirche gestohlen zu haben …«

»Hat er dir die Reliquie gezeigt?«

»Ach was. Einen verrotteten Knochen trug er bei sich. Sturzbesoffen war er. Bitte, lasst mich los, Bruder …«

Hans überhörte sein Flehen. »Wo wollte er hin?«

»Was weiß ich? Nach Düren, glaube ich.«

»Und sonst? Was hat der Bursche sonst noch erzählt?«

»Wirres Zeug. Von Klärchen. Und seiner Mutter …«

»Wer ist Klärchen?«

»Verdammt, woher soll ich das wissen? Ich sagte doch, er war besoffen.«

»Was sprach er von seiner Mutter?«

»Ich … weiß es wirklich nicht mehr.«

Hans rüttelte ihn zweimal. »Dann überleg!«

Eine Weile kramte der Pilger in seinem Gedächtnis. »Offenbar hatte er sie besucht.«

»Wo?«

»In Kornelimünster, wenn ich mich recht entsinne.«

Endlich löste Hans seinen Griff und ließ den Pilger wieder auf seinen Schemel plumpsen. Heiner tastete bleich nach seinem Hals und rang nach Luft. In der Wirtsstube wurde allgemeines Gemurmel laut. Ohne ein weiteres Wort kehrte Hans an seinen Tisch zurück.

»Eure Methoden, an Informationen zu gelangen, sind keineswegs akzeptabel«, sagte Hurt, nachdem der Neffe des Dechanten wieder Platz genommen hatte.

»Akzeptabel oder nicht. Jedenfalls sind sie zweckmäßig. Nicht wahr, Knollennase?«

»Hähä!«

Hans leerte seinen Becher und wischte sich den Mund mit dem Ärmel seiner Kutte ab. »Nach Düren also«, sagte er dann nachdenklich.

»Noch heute brechen wir auf«, bestimmte Hurt.

Matthias betrat die von zwei flackernden Öllichtern erleuchtete Stube und legte mit einer dahergemurmelten Begrüßung seinen Mantel beiseite. Klara wusste sofort, dass dem Vater etwas auf der Seele brannte. Sie hieß ihn Platz nehmen und tischte eine Suppe auf. Nachdem sie sich ihm direkt gegenübergesetzt hatte, beobachtete sie ihn aus zusammengekniffenen Augen. Als Matthias die Schale von sich schob, beschloss sie, das Schweigen zu beenden.

»Geht es dir gut, Vater?«

»Wie? Gewiss!«

»Du willst mir also nicht verraten, welche Laus dir über die Leber gelaufen ist.«

Matthias starrte in das Licht der Lampe. »In der Stadt gehen Gerüchte«, erklärte er nach einer Weile.

»Gerüchte? Was denn für Gerüchte?«

Er machte einen tiefen Atemzug und sah die Tochter an. »Es heißt, Leonhard sei wieder in der Stadt.«

Klara schluckte. »Leo...« Der Name des Geliebten blieb ihr im Hals stecken.

»Er wohne bei den Franziskanern, heißt es.«

»Aber das ... Das kann doch nicht sein«, stammelte sie.

»Mein Kind, sieh mich an: Was weißt du hierüber?«

Klara aber mied seinen Blick und rang nach Worten, was dem Vater Antwort genug war.

»Dann stimmt es also«, murmelte er tonlos.

Endlich hatte Klara sich gefasst. »Und wenn es so wäre?«, fragte sie herausfordernd.

»Wenn es stimmt, was die Leute erzählen«, sagte Matthias kalt, »dann ist dein Leonhard ein Dieb und Frevler.«

Noch einmal schluckte Klara schwer. »Dieb? Frevler?«

»Eine Reliquie soll er gestohlen haben. Aus einer Kirche in Speyer.«

»Mainz«, korrigierte sie ihn abwesend.

»Ich sehe, du bist bestens informiert.«

»Vater, es war nicht seine ... ich meine, er hat es nicht ...«

»Was? Nicht gewollt? Ha! Vielleicht haben ihm ja die Engel des Himmels die Hand geführt.«

»Möglicherweise!«

Matthias hob drohend einen Finger. »Willst du mich zum Narren halten?«, schrie er. »Du wirst ihn nicht mehr wiedersehen, hast du mich verstanden?«

»Aber, Vater! Weißt du denn nicht mehr, was du auf dem Krankenbett gesagt hast?«

»Da wusste ich auch noch nicht, dass er ein gottverdammter Dieb ist!« Klara begann leise zu schluchzen; er überhörte es. »Keinesfalls wirst du den Schänder eines Heiligtums freien. Schlag ihn dir aus dem Kopf – endgültig!«

Mit wütenden Schritten ging er zur Tür.

»Wer ist da?«

Die alte Frau hielt ihr Spinnrad an und starrte in das Dunkel des Raumes. Vor der Tür, die nach draußen führte, erkannte sie einen dunklen Schatten.

»Ich habe nicht gehört, dass Ihr geklopft hättet«, sagte sie scharf.

»Oh verzeiht«, kam es in gespielter Zerknirschung zurück. »Sicher habe ich es vergessen.«

»Wer seid Ihr?«

»Mein Name dürfte Euch nichts sagen.«

»Was wollt Ihr dann?«

»Ich glaube, Ihr wisst, was ich will.«

Schritte näherten sich der alten Frau. Vor ihrem Spinnrad verharrten sie. Die Dunkelheit im Raum ermöglichte es ihren ohnehin schlechten Augen kaum, das Gesicht des Fremden zu erkennen. Immerhin sah sie an seiner Kutte, dass es sich um einen Ordensbruder handeln musste.

»Ja, ich weiß, was Ihr wollt«, bekannte sie. »Meines Sohnes wegen seid Ihr hier.«

»Wo ist er?«

»Er ist nicht mehr bei mir.«

»Wo ist er?«, fragte der andere ein zweites Mal.

»Zurück nach Mainz. Er will das Haupt der Anna, das er in einem Anfall von Verwirrung an sich genommen hat, an seinen angestammten Platz zurückbringen.«

»So?«

»Werdet Ihr ihn bestrafen?«

»Er hat ein großes Sakrileg begangen.«

»Wird man ihm sein Leben lassen?«

Der Mann lachte erheitert. »Sorgt Euch nicht um sein Leben, gute Frau. Da Euer Sohn seine Tat inzwischen offensichtlich bereut hat und sich bereits auf dem Weg zurück nach Mainz befindet, wird man Gnade vor Recht ergehen lassen.«

»Er ist ein guter Junge, müsst Ihr wissen.«

»Aber gewiss. Anders läge der Fall natürlich«, seine Stimme wurde schneidender, »wenn Euer Sohn die Reliquie zu verscherbeln suchte. In einer fremden Stadt beispielsweise.«

Sie widmete sich wieder ihrem Spinnrad. »Leonhard ist auf dem Weg nach Mainz«, sagte sie unerschütterlich. »Er bereut, was er getan hat.«

Mit Erleichterung nahm sie zur Kenntnis, dass der Fremde sich von ihr abwandte und das Haus wieder verließ. Sie ließ die Spindel ruhen und starrte gedankenschwer vor sich hin.

Hurt begann es zu bereuen, dass er den Neffen des Dechanten alleine in das Häuschen hatte gehen lassen. Ob der falsche Kartäuser es tatsächlich fertigbrachte, selbst einer alten, wehrlosen Frau … Nein! Heftig schüttelte er seinen Kopf. Dazu war nicht einmal Hans Fust imstande.

Hurt fuchtelte nervös mit seinen Fingern. Draußen pfiff der Kutscher ein Lied, das die Spielmänner gerne in den Badestuben anstimmten. Endlich hörte Hurt die Schritte, die sich mit beinahe aufreizender Gemächlichkeit dem Gefährt näherten.

»Keine Sorge, Hurt«, sagte Hans beim Besteigen der Kutsche gelangweilt, als habe er die Gedanken seines Begleiters erraten, »die Mutter des Steinmetz ist so munter wie zuvor.«

»Was hat sie gesagt?«

»Dass er auf dem Weg nach Mainz ist.«

»Glaubt Ihr das?«

Hans lachte verächtlich. »Natürlich nicht. Sie ist seine Mutter und will ihn schützen. In Wirklichkeit ist der Steinmetz auf dem Weg in die andere Richtung: nach Düren! Es gibt also keinen Grund, unsere Pläne zu ändern.«

Hurt nickte. »Nach Düren. Lasst uns jetzt ein Gasthaus aufsuchen. Und morgen …«

»Morgen«, Hans bleckte die Zähne, »morgen findet unsere Jagd ihr Ende.«

Kapitel 21

Durch das Holztor gelangten sie tags darauf in die Stadt Düren. Im Gasthaus »Zum Stör« am Marktplatz nahmen sie Quartier, bevor Hans und Hurt sich aufmachten, ihre Nachforschungen zu betreiben. Erneut hatte es zu schneien begonnen.

In Sankt Martin trafen sie den Baumeister Matthias von Pera an, der den Steinmetz Leonhard einst auf seiner Baustelle beschäftigt hatte. Vor einigen Wochen aber – über die Gründe schwieg der Meister sich beharrlich aus – habe er den Gesellen aus seinen Diensten entlassen.

Ob er seit jenem Tag nicht wieder aufgetaucht sei, wollte Hurt von ihm wissen.

Er habe ihn seitdem nie wieder gesehen, antwortete Matthias wahrheitsgemäß.

»Er weiß mehr, als er zuzugeben bereit ist«, sagte Hans im Brustton der Überzeugung, nachdem sie die Kirche wieder verlassen hatten.

»Oh ja, Ihr wittert an jeder Ecke Lüge und Verrat, nicht wahr, Hans Fust?«

»Bis jetzt hattet Ihr weiß Gott keinen Grund, meinen Instinkten zu misstrauen, Hurt.«

»Wie auch immer, lasst den Mann zunächst in Frieden. Wir müssen behutsam in dieser Sache vorgehen. Ich werde den Magistrat dieser Stadt aufsuchen und ihn über unsere Mission informieren.«

»Was ich für keine gute Idee halte.«

»So? Und warum nicht?«

»Sollen wir schlafende Hunde wecken? Besser wäre es, wir forschen im Verborgenen.«

»Der Erzbischof hat uns Pässe ausgestellt. Wir sind keine Gauner auf der Jagd nach einem Sack voll Gold. Das Recht steht auf unserer Seite. Auch dem Dürener Magistrat muss daran gelegen sein, dass diesem stattgegeben wird. Ich erwarte, dass man uns in unserer Suche unterstützt. Was hätten die Dürener davon, sich den Unmut der Mainzer zuzuziehen?«

»Ganz wie Ihr meint, Hurt. Ich wünsche Euch viel Erfolg dabei.«

Hurt zog seinen Umhang fester um die Schultern und ließ den Neffen des Dechanten stehen. Der sah ihm kopfschüttelnd hinterher. »So ein einfältiger Narr«, flüsterte er zu sich selbst.

»Vielleicht kann ich Euch weiterhelfen, Bruder«, sprach eine Stimme hinter ihm.

Hans fuhr herum. »Wer bist du?«

Der andere neigte ergeben seinen Kopf. »Mein Name ist Walter. Als Steinmetz stehe ich in Diensten von Meister Matthias von Pera.«

»Und wie kannst du mir helfen, Steinmetz Walter?«

»Ich weiß, wo der Mann sich aufhält, nach dem Ihr fahndet.«

Hans taxierte ihn mit eisigem Blick. »Wie viel verlangst du für deine Auskünfte?«

Walter hob abwehrend beide Hände. »Aber, Bruder, wollt Ihr mich beleidigen? Nur weil ich weiß, dass Ihr eine schändliche Missetat aufklären wollt, stehe ich Euch zu Diensten.«

»Was weißt du von jener Missetat?«, fragte Hans lauernd.

»Eine gestohlene Reliquie. Das Haupt der Anna!« Walter grinste triumphierend.

»Du weißt, wo dieser Steinmetz sich aufhält?«

»Ja, Bruder.«

»Wo?«

»Im Kloster der Franziskaner in Bethanien.«

»Was ist mit der Reliquie?«

»Er hat sie den Patres in Verwahrung gegeben.«

»Woher weißt du das?«

»Die halbe Stadt spricht bereits darüber. Doch im Gegensatz zu den Leuten weiß ich genau, dass es sich hierbei nicht um ein Gerücht handelt. Ich – hmmh – war der unfreiwillige Zeuge eines Gespräches zwischen Leonhard und seinem Liebchen Klara, der Tochter des Baumeisters.«

Hans' Gedanken überschlugen sich. Er beschloss, die Informationen zunächst für sich zu behalten, bevor Hurt den Erfolg ihrer Mission durch diplomatisches Geschwatz vermasselte. Diesmal würde er die Sache auf seine Weise klären.

»Wenn Ihr wollt, kann ich ein Treffen zwischen Euch und Leonhard in die Wege leiten, Bruder.«

»Was sollte ihn dazu veranlassen, sich mit seinem Häscher zu treffen?«

»Gar nichts. Wenn er aber glaubt, es sei sein Liebchen, das da auf ihn wartet, wird er Feuer und Flamme sein.«

Hans überlegte. »Das hat was für sich«, erklärte er nach einer Weile. »Walter, du gefällst mir. Der Herr möge seine schützende Hand über dich halten.«

Der Pfortenbruder bedachte Walter mit einem missmutigen Blick. »Das ist jetzt nicht möglich«, sagte er. »Die Novizen haben Unterricht.« Er machte Anstalten, die Luke der Klosterpforte wieder zu schließen.

»Bruder, ich bitte Euch.« Walter machte eine beschwörende Geste. »Die Sache ist dringend!«

Der Mönch hielt inne. »Also gut, ich will sehen, was sich machen lässt.« Er schloss die Luke.

Walter trat wartend von einem Bein auf das andere, um die Kälte aus seinen Gliedern zu vertreiben. Mit verstohlenen Blicken tastete er die Umgebung des Klosters ab. Nach einer Weile öffnete die Luke sich erneut und das verdutzte Gesicht eines Novizen erschien in der Öffnung. Walter verstieg sich in ein Flüstern.

»Ihr seid Antonius?«

»Ja. Und wer ...?«

»Walter bin ich, ein guter Freund des Leonhard.«

»Leonhard?« Antonius schluckte mühsam.

»Er ist bei Euch. Ich weiß es.«

»Woher?«

»Von seinem Klärchen. Ich habe eine Botschaft für ihn. Sie will ihn sehen. Heute noch. Sie hat ihm etwas Wichtiges mitzuteilen, sagt sie.«

»Wann und wo will sie ihn treffen?«

»Am Abend, wenn die Glocken zur Komplet läuten. Hinter dem Schlachthaus, am Lindenbaum.«

Antonius warf einen hastigen Blick über die Schulter, um sich zu überzeugen, dass niemand ihrem Gespräch gelauscht hatte. »Er wird kommen«, flüsterte er und schloss die Luke.

Ein paar flackernde Kerzen in den Wandhalterungen sorgten für schwaches Licht. In der Stephanskirche war es bitterkalt. Dechant Fust störte sich nicht daran. Seine Schritte hallten laut durch das Kirchengebäude. Einen Ministranten, der das Holz des seitlichen Marienaltars mit einem Spatel von Wachsflecken befreite, entließ er mit einem stummen Nicken. Der Junge beugte ergeben seinen Kopf und entfernte sich.

Schwerfällig kniete Fust sich auf einen Betstuhl und sah der Madonna ins Gesicht. Wie schön sie ist, dachte er. Schön wie ein Engel. Schön wie ihre Mutter, die heilige Anna, deren Reliquiar zu einem nutzlosen Behältnis geworden ist.

Er betete ein Ave-Maria, doch seine Gedanken schweiften ab. Am Nachmittag hatte er einen Boten des Fürstbischofs empfangen: Berthold von Henneberg hatte sich nach dem Stand der Ermittlungen erkundigt. Nur zu gerne hätte Fust ihm etwas berichtet, doch was wusste er? Nichts! Gar nichts! Der Herr Hurt und sein Neffe Hans, so ließ er dem Bischof ausrichten, seien bislang noch nicht nach Mainz zurückgekehrt. Doch mit Gottes Hilfe und durch die Kraft des Gebetes würde die Sache gewiss ein gutes Ende nehmen.

Fust konnte sich Bertholds missmutig verzogenes Gesicht nur zu gut vorstellen. Manchmal reichten Gottes Wohlwollen und Gebete eben nicht aus, würde er lamentieren. Manchmal seien es höchst menschliche Taten, die einen zum Ziel brachten. Und die Rückkehr der Reliquie war mehr als nur ein Ziel: Der Erfolg der Mission kam einem bischöflichen Befehl gleich. Das Haupt der Anna gehörte nach Mainz!

Der Dechant versuchte, sich zu sammeln. Wieder suchte er den Blick der Madonnenstatue. Fast schien es ihm, als habe die Mutter Gottes ihr Lächeln verloren.

Zwei der Kerzen an den Wandhalterungen erloschen durch einen kalten Windhauch, der durch die Kirche wehte. Draußen läuteten die Glocken zur Komplet.

Der Gestank hinter dem Schlachthaus war unerträglich. Leonhard ahnte, warum Klara gerade diesen wenig romantischen Ort für ein Treffen innerhalb der Stadtmauern auserkoren hatte: Niemand würde sie hier zusammen sehen, hier konnten sie ungestört miteinander reden.

Was sie wohl auf dem Herzen hatte? Ob etwas geschehen war, das ihre Vereinbarung nichtig machte und eine neue Absprache erforderte? Oder war es einfach nur die Sehnsucht, die sie dazu trieb, sich mit ihm zu treffen?

Falls das Zweite zutraf, war das nicht unbedingt klug von ihr. Aber er würde es ihr nicht übel nehmen: Auch er verzehrte sich nach ihr, auch er war voller Ungeduld, voller Verlangen: Sehen wollte er sie, küssen, ihren Atem spüren!

In der Ferne läuteten die Glocken zur Komplet. Leonhard spähte in die vom Schnee nur mäßig erhellte Dunkelheit. Wo Klara nur blieb?

Nach einer Weile sah er den Schein einer Laterne, die sich ihm näherte. Unwillkürlich trat er ein paar Schritte zurück, erschien es ihm doch wenig wahrscheinlich, dass Klara ein Licht mit sich führte. Sicher war es nur der alte Nachtwächter Winfried, der sich ein ungestörtes Plätzchen suchte, um den Dienst mit einem tüchtigen Schluck aus seinem Weinschlauch zu beginnen.

Die Laterne kam näher.

Nein, das war weder der Schritt seiner geliebten Klara noch der des alten Nachtwächters. Kein Zweifel, es war ein großer Mann in einer dunklen Kutte, der da immer näher kam, doch schien es keiner der Brüder aus dem Franziskanerkonvent zu sein. Leonhard wollte hinter dem Stamm des Lindenbaumes verschwinden, als er eine sonore Stimme vernahm.

»Leonhard aus Kornelimünster?«

Wegzulaufen erschien ihm albern. Obwohl das Herz ihm bis zum Hals klopfte, trat er dem hünenhaften Mönch entgegen. Er erschrak, als er im Schein des Lichtes sein durch eine querlaufende Narbe verunstaltetes Gesicht sah, das zudem wie aus Stein gemeißelt schien.

»Der bin ich«, erwiderte er. »Wer seid Ihr? Und was wollt Ihr von mir?«

»Was ich von dir will?« Hans Fust stülpte bedrohlich eine Unterlippe nach vorne und schüttelte den Kopf. »Nichts. Etwas bringen will ich dir.«

»Und – äh – was wollt Ihr mir bringen, Bruder?«

Hans entblößte seine Zähne. »Unheil!«, erwiderte er. Mit seiner freien Linken fasste er nach Leonhards verletzter Schulter, sodass dieser laut aufschrie. Hans aber dachte nicht daran, ihn aus seinem eisernen Griff zu entlassen.

»Oh, du bist verletzt?«, fragte er, Unschuld heuchelnd.

»Warum wollt Ihr mir Unheil bringen?«, keuchte Leonhard.

»Weil du ein Sakrileg begangen hast, mein Freund. Und es gibt fromme Menschen auf dieser Welt, die darüber nicht erfreut sind.«

Leonhard begann zu verstehen. Der Schmerz in seiner Schulter raubte ihm fast die Sinne. »Ihr ... kommt aus Mainz ...«

»Schlauer Bursche!«

»Das Annahaupt befindet sich ...«

»Ich weiß, ich weiß.« Hans seufzte gelangweilt. »Es befindet sich im Kloster der Franziskaner.«

»Man wird Euch die Reliquie aushändigen, Bruder.«

»Ohne Zweifel wird man das tun. Doch die Rückkehr des Annahauptes nach Mainz ist nur ein Teil meiner Mission. Der andere Teil ...«, noch einmal verstärkte er den Druck seiner Hand, »... ist die Bestrafung des Diebes.«

Leonhard war einer Ohnmacht nahe. Mit verzweifelten Bewegungen versuchte er, sich dem unerbittlichen Griff des

Hünen zu entwinden. Tatsächlich ließ Hans ihn plötzlich los. Leonhard taumelte zurück. Im nächsten Moment traf ihn die gewaltige Faust des anderen ins Gesicht.

Das Läuten einer schweren Glocke. Dunkelheit. Dann Stille.

Leonhard sank zu Boden, in den Schnee.

»Die Ratten im Holzturm wollen dich kennenlernen.« Hans löschte seine Laterne, hob den Bewusstlosen auf seine Schultern und machte sich auf den Weg.

Kapitel 22

Noch immer war Leonhard von Dunkelheit umgeben. Der eisenartige Geschmack geronnenen Blutes klebte auf seinen Lippen. In seinem Kopf dröhnte es, als befände er sich im Innern einer riesigen Glocke. Seine Augenlider klebten aneinander. Eine Stimme in seinem Unterbewusstsein schrie flehentlich nach Schlaf. Andererseits war seine Wissbegierde noch immer nicht erloschen. Was war bloß mit ihm geschehen?

Er erinnerte sich schemenhaft an den furchtbaren Mönch, der ihm wie ein Bote aus der Hölle erschienen war, an seine gewaltige Hand, die ihn, einer Pranke gleich, an der Schulter gepackt hatte.

Die Schulter – es war wohl der pochende Schmerz, der verhinderte, dass Leonhard sich wieder seiner Ohnmacht hingab. Er versuchte, sich zu orientieren, obgleich ihm das Öffnen seiner Augen immer noch nicht gelang. Leonhard lag hart und unbequem. Doch offenbar befand er sich in einer Räumlichkeit, glaubte er doch, den Geruch glimmender Kohle wahrzunehmen.

Seine Arme – unbeweglich. Sie schienen hinter seinem Rücken zusammengebunden zu sein. Auch die Beine wollten ihm nicht gehorchen. Selbst das Atmen bereitete ihm Schmerzen.

Und da: Stimmen! Durch das Dröhnen der riesigen Glocke hindurch vermochte er sie zu hören, wenn auch nur bruchstückhaft.

»... war nicht unsere Aufgabe, den Dieb zu fangen ...«, sagte jemand aufgebracht.

Kraftlos zerrte Leonhard an den Fesseln seiner Hand, gab dieses sinnlose Unterfangen aber sehr bald wieder auf.

»... sind es der Stadt Mainz schuldig ...«, sagte eine andere Stimme.

Leonhard hielt die Luft an. Kein Zweifel! Die Stimme des Mönches!

»... bin es leid, Eure Eigenmächtigkeiten länger hinzunehmen ...« Das war nun wieder die Stimme des Ersten, der äußerst erregt zu sein schien.

Leonhard versuchte angestrengt, dem Disput zu folgen.

»Ob's Euch passt oder nicht«, hörte er den Mönch hochmütig sagen, »den Burschen nehmen wir mit. Dem Bischof wird's recht sein, ein Exempel an dem Frevler zu statuieren!«

»Wichtig ist allein die Rückkehr der Reliquie.«

»Keine Sorge, Hurt. Morgen schon haltet Ihr sie in Euren Händen.«

»Wer sagt Euch, dass die Franziskaner sie wirklich in ihrem Besitz haben?«

»Inzwischen müsste Euch klar sein, dass es keinen Grund gibt, meinen Eingebungen zu misstrauen. Meinethalben befragt hundert verlogene Ratsherren, ich aber habe meine eigenen Methoden und Informanten.«

»So wollen wir denn den Wahrheitsgehalt Eurer Eingebung

und den Erfolg Eurer Methoden prüfen. Gleich morgen früh, nach Sonnenaufgang, suchen wir das Kloster auf.«

»Gewiss. Und während die frommen Patres uns die Reliquie aushändigen, rüstet unser Kutscher zur Heimreise, nicht wahr, Knollennase?«

»Hähä«, machte jemand, dessen Anwesenheit Leonhard sich erst jetzt bewusst machte.

»In drei Tagen, Hurt, befindet sich das Haupt der Anna wieder auf seinem angestammten Platz in der Stephanskirche zu Mainz. Der Bischof wird zufrieden mit Euch sein. Etwas mehr Dankbarkeit wäre angebracht.«

Der Mann namens Hurt antwortete mit einem missfälligen Schnaufen. Leonhard hörte die Schritte, die sich ihm näherten, und zog es vor, sich schlafend zu stellen.

»Ihr habt den armen Kerl übel zugerichtet. Hattet Ihr nicht die strenge Anweisung, niemandem ein Haar zu krümmen?«

»Das galt gewiss nicht für den Dieb. Habt Ihr etwa Mitleid mit ihm?«

»Nicht mehr als mit dem Fleischer, den Ihr ertränkt habt.«

»Wenn Ihr Moralpredigten halten wollt, Hurt, dann haltet sie nicht mir. Eure Scheinheiligkeit hängt mir nämlich zum Hals heraus.«

Der andere antwortete nicht mehr. Leonhard spürte, wie jemand behutsam seinen Kopf anhob und etwas Weiches darunterschob.

»Und jetzt wird er gar zum Samariter«, höhnte der Mönch.

Mit dem tröstlichen Gefühl, dass einer seiner Verfolger es offenbar gut mit ihm meinte, ergab sich Leonhard endlich seiner bleiernen Müdigkeit und fiel in einen traumlosen Schlaf.

Prior Johann war blass geworden, doch es gelang ihm, seine Fassung zu wahren. Mit der Bitte, ihn ein paar Augenblicke zu entschuldigen, verließ er den Raum und ließ die beiden Besucher zurück. Im Kreuzgang begegnete ihm der Novize Antonius, den er mit einer nervösen Handbewegung zu sich heranwinkte. »Den Frater Melchior und den Frater Luitger – schick mir die beiden in meine Kammer. Spute dich!«

Der Novize nickte und entfernte sich rasch. Johann verschwand nach drinnen, wo er in seine Kammer huschte und ungeduldig die Ankunft seiner Mitbrüder erwartete. Als sie endlich an seiner Tür klopften, öffnete er hastig.

»Endlich, da seid ihr ja, Brüder in Christo!« Er ließ sie eintreten. »Ich brauche euren Rat«, erklärte er unumwunden. Mit hinter dem Rücken verschränkten Händen marschierte er vor seinen Mitbrüdern auf und ab. »Das Befürchtete ist nun eingetreten. Der heilige Sebastian, dessen Fest wir heute begehen – er bringt uns kein Glück!«

»Wovon sprichst du eigentlich?«, fragte der alte Luitger.

»Die Mainzer sind da!«

Der Subprior nickte verstehend. »Und sie fordern das Haupt der Anna zurück!«

Johann nickte, ohne in seinem hektischen Schritt innezuhalten. »Sie haben mir ein Schreiben ihres Bischofs vorgelegt. Es scheint nicht sonderlich schwer für sie gewesen zu sein, die Reliquie zu finden, brauchten sie doch nur den Gerüchten zu folgen, die in der Stadt die Runde machen. Es ist mir immer noch unbegreiflich, wie man dort davon erfahren konnte. Wenn ich bloß wüsste, wer …« Er ballte seine Fäuste und rang fassungslos nach Worten.

»Du solltest nicht zögern, es ihnen auszuhändigen.«

»Was auszuhändigen?«

»Das Annahaupt natürlich.«

Der Prior blieb stehen und bedachte seinen Adlatus mit einem beschwörenden Blick. »Aber die Reliquie hat ein Wunder getan.«

»Du kennst meine Meinung: Die plötzliche Besserung des Gesundheitszustandes unseres geschätzten Mitbruders Johannes ist weder ein Wunder noch auf die Anwesenheit der frevelhaft entwendeten Reliquie zurückzuführen. Womöglich ist seine Gesundung am Ende gar eine List des Teufels, um uns alle zu versuchen und ins Verderben zu stürzen.«

»Seit wann bedient der Teufel sich heiliger Mittel?«

»Seit wann lässt der Teufel sich in die Karten schauen?«, antwortete Luitger mit einer Gegenfrage. »Brüllend gehet er umher wie ein Löwe und suchet, welchen er verschlinge.«

»Brüllend oder nicht: Selbst Satan würde es nicht wagen, Schindluder mit Heiligtümern zu treiben. Der Anblick des heiligen Knochens wäre unerträglich für ihn.«

»Es sei denn, er benutzt für seine finsteren Zwecke eines der verderbten Menschenkinder.«

»Den Leonhard, meinst du?«

»Eben den.«

»Aber er hat seine Tat bereut.«

»Und hat sich am gestrigen Abend spurlos auf und davon gemacht. Nennst du das etwa Reue?«

»Wie kannst du dir sicher sein, dass es nicht Gott selbst war, der ihn die Reliquie in unsere Stadt bringen ließ?«

»Ich könnte mir vorstellen, dass die Gesandten aus Mainz anders über den Willen Gottes denken.«

Ein gedämpftes Seufzen war die Antwort. »Hierin hast du natürlich recht, Luitger.«

»Wer sind sie?«

»Ein junger Patrizier namens Hurt, Schreiberling des Erzbischofs. Und ein Kartäusermönch. Dieser Hurt ist mit allen Wassern gewaschen, doch er scheint aufrichtig und friedsam zu sein. Der Kartäuser dagegen blickt drein, als sei er selbst der brüllende Löwe, von dem du eben noch sprachst. Wüsste man nicht, dass er ein Mann Gottes ist, müsste man wahrhaft Angst vor ihm haben.«

»Gib ihnen die Reliquie, bevor Unheil über die Stadt und unseren Konvent kommt.«

Johann seufzte erneut und suchte den Blick des alten Melchior, der, wie es seine Art war, bislang geschwiegen hatte. »Frater Melchior! Was ist deine Meinung? Gestern noch ermahntest du uns, Gottes Wegen zu vertrauen. Sprich – sollen wir ihnen das Haupt der Anna aushändigen?«

Melchior stützte nachdenklich sein Kinn. »Die Reliquie wurde den Mainzern entwendet«, erklärte er, »deshalb ist es ihr gutes Recht, sie zurückzufordern. Wäre es tatsächlich Gottes Wille, dass das Annahaupt in Düren bleibt, so fände er wohl einen Weg, dies zu erreichen.«

Kurze Zeit später verließen die beiden Mainzer Gesandten das Klostergebäude der Franziskaner. Schweren Herzens hatte der Prior ihnen die Schatulle aus Ebenholz überreicht, in der sich, eingebettet in Samt und Seide, das Haupt der Anna befand. Mit zügigen Schritten steuerten sie das Gasthaus »Zum Stör« am Markt an. Noch heute wollten sie ihre Heimreise antreten.

Das Klopfen an der Türe war leise, aber eindringlich. Klara stellte den Reisigbesen beiseite und öffnete.

»Antonius!« Ihr Herz machte einen Sprung. »Bringt Ihr mir Kunde von Leonhard?«

Der Novize wirkte gehetzt und aufgeregt. »Das heißt also, dass Ihr nicht wisst, wo er sich aufhält«, murmelte er. »Ist Euer Vater daheim, Klara?«

Sie schüttelte den Kopf.

»Wo ist er?«

»Auf seiner Baustelle, wo sonst?« Nichts Gutes ahnend, ließ sie ihn eintreten.

»Habt Ihr Euch gestern Abend mit Leonhard getroffen?«

»Nein. Wie kommt Ihr darauf?«

Antonius stöhnte auf. Mit kurzen Worten erzählte er ihr von dem Boten, der das vermeintliche Treffen der Verliebten in die Wege geleitet hatte.

»Wie sah er aus?«, fragte Klara, bleich geworden.

»Kräftig, aber eher gedrungen. Schien mir ein Steinmetz zu sein.«

»Walter«, ächzte sie, sodass es unmissverständlich war, was sie von dem Genannten hielt.

»Ja, so nannte er sich. Er scheint nichts Gutes im Schilde geführt zu haben. Jedenfalls ist Leonhard seit gestern, als er sich mit Euch treffen wollte, nicht wieder ins Kloster zurückgekehrt.«

Klara griff sich hilflos an den Hals. »Dann muss ihm etwas zugestoßen sein«, sagte sie angstvoll.

»Leider befürchte ich das auch.« Er berichtete von den beiden Mainzer Fahndern, die vor gut einer Stunde das Bethanien-Kloster aufgesucht und es mit der Reliquie wieder verlassen hatten. »Es scheint mir«, erklärte er schlussfolgernd, »dass auch Leonhard sich in ihrem Gewahrsam befindet. Und dieser Walter hat ihnen dabei geholfen.«

»Heilige Dreifaltigkeit! Sie wollen ihn mit nach Mainz nehmen! Um ihm den Prozess zu machen.«

»Ich wünschte, ich könnte etwas anderes denken.«

Klaras Beine drohten, ihren Dienst zu versagen. Es war ihr, als habe sie soeben die Kunde vom Tod ihres Geliebten vernommen. Dann aber machte sie sich bewusst: Leonhard mochte zwar ein Gefangener der Mainzer Gesandten sein, doch er lebte. Allein dieser Gedanke ließ sie wieder zu Kräften kommen. Ihre Lethargie wich einer plötzlichen Entschlossenheit.

Der Novize, der den Wandel in ihr bemerkte, sah sie fragend an. »Was habt Ihr vor, Klara?«

»Ein Wunder muss her«, verkündete sie resolut.

»Aber die Mainzer werden noch heute abreisen.«

»Dann muss das Wunder eben sofort geschehen. Wo sind sie einquartiert?«

»Im Stör, am Markt.«

»Danke, Antonius.« Sie schritt durch die Stube und kehrte mit einem schafwollenen Umhang zurück.

»Was habt Ihr vor?«, fragte der Novize noch einmal.

»Es wird mir schon etwas einfallen«, verkündete Klara.

Der Tonfall ihrer Stimme ließ es Antonius sinnvoll erscheinen, ihr nicht zu widersprechen.

Kapitel 23

Eisiger Wind umwehte ihr Gesicht, Schneeflocken wirbelten ungestüm vor ihrer Nase. Klara erreichte den Marktplatz, auf dem – ungeachtet der winterlichen Kälte – das städtische Leben pulsierte. In schwere Mäntel gehüllt, gingen die Marktweiber ihren Geschäften nach, priesen lautstark Waren an, sodass ständig dralle Dunstwolken vor ihren Mündern schwebten. Ein paar Männer waren damit beschäftigt, die Dächer der Stände von neuen Schneelasten zu befreien. Hunde streunten umher auf der Suche nach Futter, verfolgt von schreienden Bengeln, denen der Winter offensichtlich Freude bereitete. Ein Hökerer, der unablässig seine Schelle schwang, brüllte sich die Lunge aus dem Leib, zwei rivalisierende Kesselflicker taten es ihm gleich. Ein heilloses Stimmengewirr vibrierte über den Platz.

Klaras Aufmerksamkeit galt allein dem Gasthaus »Zum

Stör«, vor dem eine schwarze Kutsche stand. Die Flanken der vier davorgespannten Gäule zuckten nervös, als könnten die Tiere den Aufbruch kaum noch erwarten. Ein dunkel gewandeter Mann mit einem riesigen Schlapphut versuchte, die Tiere zu beruhigen. Aus der Tür des Gasthauses trat ein hochgewachsener Mann in einer Kutte, ein Mönch offenbar, der eine schwere Last geschultert hatte.

Klara wischte sich eine Haarlocke aus den Augen und bemühte sich, durch das Gestöber tanzender Schneeflocken etwas zu erkennen: Die Last des Mönches schien ein menschliches Wesen zu sein, gefesselt und geknebelt. Ihr Herz begann zu rasen.

Leonhard!

Der Mönch und Leonhard verschwanden im Innern der Kutsche. Nach ein paar Augenblicken sprang der Mönch – nunmehr von seiner Last befreit – mit einer ganz und gar unklerikalen Behändigkeit wieder ins Freie.

Klara rannte los, getrieben von einer beispiellosen Kraft, die keine Furcht mehr zuließ. »He!«, schrie sie schon von Weitem.

Der Mönch wandte sich um.

Unmittelbar vor ihm kam Klara zum Stehen. Sie musste ihren Kopf schon weit in den Nacken strecken, um ihm ins Gesicht sehen zu können. Nicht einmal die gewaltige Narbe, die dort prangte, vermochte sie zu erschrecken.

»Wen habt Ihr dort in Eurer Kutsche, Bruder?«, fragte sie atemlos.

Hans' Mundwinkel zuckten vergnügt. »Einen Halunken, mein Täubchen!«

»Wohin bringt Ihr ihn?«

Hans stutzte einen Augenblick und hob dann einen Finger. »Ah, jetzt verstehe ich. Du bist wohl das Liebchen unseres Frevlers.«

»Leonhard ist kein Frevler. Er hat seine Tat längst bereut und ist bereit, Buße zu tun.«

»Buße?« Hans lachte höhnisch auf. »Buße kann er auf der Streckbank des Inquisitors tun.«

»Inquisitor?« Sie presste eine Hand auf ihren Mund. »Ihr wollt ihn wirklich …«

»Niemand stiehlt das Haupt einer Heiligen, Täubchen, es sei denn, er steht mit dem Teufel im Bunde.«

»Bruder, ich flehe Euch an: Lasst Leonhard laufen. Er hat mit dem Teufel ebenso wenig zu schaffen wie Ihr.«

»Verschwinde jetzt«, entgegnete Hans barsch und wandte sich von ihr ab. »He, Knollennase! Wo zur Hölle ist eigentlich dieser vermaledeite Hurt? Es wird höchste Zeit zum Aufbruch, wenn wir bis zum Abend in Köln sein wollen.«

»Wollte noch in die Kirche. Ein paar Gebete sprechen für unsere glückliche Heimkehr, hähä.«

»Ach, dieser alte Trottel!« Wütend fuhr er herum, als jemand an seiner Kutte zupfte.

»Dummes Weibsbild, sollst verschwinden, habe ich gesagt!«

»Bruder, bitte hört mir zu!«

Er stieß sie von sich. Klara taumelte nach hinten und plumpste in den Schnee. Drohend beugte sich die Gestalt des Mönches über sie. »Vielleicht willst du deinen Geliebten ja begleiten. Am Ende hast du den Steinmetz verhext und ihn zu seiner Schandtat getrieben. Ich bin sicher, dass der Inquisitor Mittel und Wege kennt, das herauszufinden!«

Klara raffte sich auf und wich entsetzt zurück. Dann begann sie zu laufen. Das laute Gelächter der beiden Männer klang ihr nach.

Im Getümmel des Marktes blieb Klara stehen und rang nach Atem.

Leonhard ist verloren.

Der Gedanke war so unerträglich, dass Klara nicht bereit war, ihn zu akzeptieren. Tausend Fragen schwirrten durch ihren Kopf. Gab es noch eine Möglichkeit, den Geliebten aus den Fängen seiner Häscher zu befreien?

»Ah, da seid Ihr ja!« Der Novize Antonius stand neben ihr und versuchte zu lächeln. »Ich machte mir schon Sorgen um Euch.«

Klara sah ihn aus verwässerten Augen an. »Sie wollen ihn einem Inquisitor übergeben«, sagte sie bitter.

Der Novize holte tief Luft. »Oh mein Gott! Ich wünschte, die Legionen der Erzengel kämen uns zu Hilfe.«

Die Legionen der Erzengel!

Klara schien plötzlich wie entrückt. Sie sah durch Antonius hindurch, ohne ihn wirklich wahrzunehmen.

»Klara! Was ist los mit Euch, um Himmels willen?«

»Die Legionen der Erzengel«, sagte sie nachsinnend. »Sie werden wohl erst am Jüngsten Tag in Erscheinung treten.« Ihr Mund spitzte sich. Abermals wurde ihr Antlitz zu einer Maske der Entschlossenheit. »Aber vielleicht hilft uns eine Legion Dürener!«

»Eine Legion Dürener? Wie meint Ihr das?«

Anstatt ihm zu antworten, stieg Klara auf eine achtlos liegen gelassene Holzkiste.

»Dürener! Hört mir zu!«, rief sie in das Markttreiben hinein.

Zur Verwunderung des Novizen gehorchten ihr die Leute. Erstaunte Blicke richteten sich auf Klara, die beide Arme ausgebreitet hielt wie die segnende Jungfrau Maria. Ein zweites Mal erbat sie sich lautstark Gehör. Endlich schwiegen sogar die Kesselflicker.

Klara war selbst verwundert über die Wirkung, die sie erzielte. An die hundert Leute starrten sie an und warteten darauf, dass sie zu sprechen begann. Leonhard hatte ihr einmal von antiken Feldherren erzählt, die ihre Männer vor Schlachten mit großartigen Reden anstachelten.

Ich bin nun ein Feldherr, redete sie sich ein.

»Dürener!« Ihre Stimme hallte über den Marktplatz. »Mein Name ist Klara von Pera. Sicherlich kennt ihr meinen Vater Matthias: Er ist der Bauherr der Sankt-Martins-Kirche. In wenigen Jahren werden wir ein stolzes Gotteshaus besitzen, das sich messen kann mit den Kirchen der großen Städte.«

Noch immer lauschten ihr die Leute neugierig. Klara spürte, wie der Feuereifer in ihr zu lodern begann.

»Und sicherlich«, fuhr sie noch lauter fort, »habt ihr auch von den Gerüchten gehört, die in der Stadt die Runde machen: dass nämlich das Haupt der heiligen Anna, der Großmutter unseres Erlösers, sich innerhalb unserer Mauern befindet.«

Kopfnicken und leises Gemurmel.

»Nun, ihr Dürener, es ist wahr: Das Haupt der Anna befindet sich tatsächlich in der Stadt. Herbeigeschafft aus Mainz durch einen Steinmetz, der offenbar einer göttlichen Eingebung folgte, als er die Reliquie von ihrem Platz nahm.«

Sie ließ ihre Worte ein paar Augenblicke lang wirken.

»Doch der Herrgott hieß ihn nicht etwa, nach Rom zu gehen, nicht nach Aachen, Trier oder Köln … Nein, es war sein Wille, dass das Haupt seiner Großmutter zu uns gelangt – nach Düren! Unsere Stadt hat er für diese Ehre ausersehen, hat er doch die Inbrunst, mit der wir Dürener den Bau seines Gotteshauses vorantreiben, wohlwollend zur Kenntnis genommen. Offenbar haben die Mainzer der Reliquie keine gebührende Verehrung entgegengebracht. Wir aber werden sie auf ewig in Ehren halten!«

Man begann lebhaft zu debattieren, viele schlugen ein Kreuz, einige machten aus ihrer Begeisterung keinen Hehl und stimmten geistliche Loblieder an. Abermals hob Klara ihre Arme und bat um Ruhe. Diesmal dauerte es länger, bis die Menge ihr wieder Gehör schenkte.

»Doch Gott hat uns eine Prüfung auferlegt«, verkündete sie. »Er will sehen, ob wir wirklich würdig sind, das Haupt der Anna in unserer Stadt zu bergen. Ein paar Männer aus Mainz sind hier eingetroffen und haben die heilige Reliquie, die sich bis dahin keiner Beachtung erfreute, wieder an sich genommen. Mit ihr beabsichtigen sie, nach Mainz zurückzukehren. Und auch den Steinmetz haben sie in ihrem Gewahrsam. Für seine göttliche Eingebung soll er bestraft werden.« Sie deutete auf das Gasthaus. »Seht ihr die schwarze Kutsche dort hinten? Das sind die Mainzer. Mit dem Annahaupt beabsichtigen sie, die Stadt zu verlassen. Wollt ihr das?«

Laut werdendes Gemurmel breitete sich aus.

»Das ist die Prüfung, die Gott uns auferlegt hat«, rief Klara. »Wer mir folgen will, der folge!« Sie stieg von der Kiste. Herr Jesus Christus, verzeihe mir, falls ich gesündigt habe, schickte sie ein Stoßgebet gen Himmel.

Antonius empfing sie mit einem Blick grenzenloser Bewunderung.

Klara lächelte ihm zu. »Kommt Ihr mit mir, Antonius?«

»So wie Ihr gesprochen habt, würde ich Euch wohl bis zur Hölle folgen.«

»Das wird nicht nötig sein. Folgt mir nur bis zum Gasthaus.«

Sie schritt voran und hätte laut jauchzen können: Tatsächlich folgte ihr eine große Schar begeisterter Menschen.

Der Kutscher tippte auf die Schulter des falschen Kartäusers.

»Was ist?«, fragte Hans mürrisch.

Zur Antwort deutete der andere mit seinem Kinn auf die sich nähernde Menschenmenge.

Hans folgte seinem Blick. »Was soll denn das werden?«, knurrte er.

»Die wollen die Reliquie«, mutmaßte der Kutscher.

Hans stieß einen Fluch aus. »Längst wären wir über alle Berge, hätte dieser verdammte Hurt nicht noch seine fromme Gesinnung entdeckt.«

»Was machen wir jetzt?«

»Die Nerven bewahren, Knollennase. Mit ein paar Marktweibern werden wir schon fertig.«

»Aber es sind auch Männer dabei. Und einige führen sogar Knüppel mit sich.«

Hans kniff seine Augen zusammen. »Wer zum Teufel ist das Weibsbild, das die Menge anführt?« Nach einer Weile erkannte er sie. »Sieh einer an, das Täubchen, das ihren Liebsten in die Arme schließen wollte. Hält sich wohl für die Jungfrau von Orléans.«

Wenige Klafter vor der Kutsche blieb die Menge stehen und schloss einen Ring um sie.

»Da bin ich wieder, Bruder«, sagte Klara eisig.

»Unübersehbar. Und Verstärkung hast du auch mitgebracht. Da wird mir ja angst und bange.«

»Niemand wird Euch etwas zuleide tun. Vorausgesetzt, Ihr gebt uns die Reliquie zurück. Und lasst den Steinmetz wieder frei.«

»Die Reliquie wurde gestohlen. Sie gehört nach Mainz. Und dem Frevler, der sie raubte, soll die gerechte Strafe zuteil werden.« Er hob drohend einen Finger und schien jeden Einzelnen in der Menge mit seinem furchterregenden Blick zu durchdringen. »Ich warne euch: Ihr zieht euch nicht nur den Zorn des Mainzer Erzbischofs zu, sondern auch den der heiligen Mutter Kirche. Was das bedeutet, wisst ihr selbst.«

»Lasst Euch nicht von ihm einschüchtern, Leute.« Klara trat näher. »Was Recht und was Unrecht ist, entscheidet kein Bischof, sondern unser Herr im Himmel. Göttliche Fügung: Wisst Ihr, was das ist, Bruder? Gebt uns die Reliquie!«

»Und wenn nicht?«

»Dann«, rief jemand aus der Menge, »holen wir sie uns selbst!«

Hans bemerkte die eiserne Entschlossenheit der Leute.

»Und jetzt: aufgepasst!«, flüsterte er dem Kutscher zu und begann, an den Ärmeln seiner Kutte zu nesteln. »Gleich wirst du erleben, wie der gute Hans Fust dieses Problem löst.«

Mit einer flinken Bewegung schnellte er nach vorne und riss die völlig verdutzte Klara an sich, die im nächsten Augenblick schon die kalte Klinge eines Messers an ihrem Hals spürte.

Der alte Nachtwächter Winfried, der in die Kirche stürmte, war völlig außer sich. Mit krächzender Stimme rief er nach dem Baumeister, den ein paar seiner Arbeiter eiligst herbeiholten. Auf den Gerüsten im Gotteshaus kam die Arbeit zum Erliegen, als Winfried – mühsam nach Luft ringend – von den Geschehnissen auf dem Marktplatz berichtete.

»Winfried! Habt Ihr getrunken?«, unterbrach Matthias ihn ungehalten.

»Keinen Tropfen, ich schwöre es. Eure Tochter, Meister Matthias, ist eine wahre Heldin. Eine Heilige gar.«

Matthias von Pera war wenig geneigt, sich von der Begeisterung des Nachtwächters anstecken zu lassen. »Was ist bloß in sie gefahren?«, murmelte er kopfschüttelnd.

»Eine Heilige«, wiederholte der andere in einer neuerlichen Aufwallung von Ergriffenheit.

»Und dann? Was ist dann geschehen?«

»Dann marschierte die Menge zum Stör, angeführt durch Eure Tochter.«

»Sie muss völlig den Verstand verloren haben.«

»Das Annahaupt – es gehört nach Düren!«

»Weiter! Was geschah dann?«

»Ich weiß es nicht. Bin sofort hierher gerannt, um Euch zu berichten. Lauft zum Markt und werdet Zeuge einer außergewöhnlichen Begebenheit, einem großen Ereignis in der Geschichte unserer Stadt.«

Matthias von Pera verkniff sich in Anbetracht des Kreu-zes über dem Altar einen Fluch. Obgleich noch etwas geschwächt von der gerade erst überstandenen Krankheit, rannte er los, gefolgt von seinen neugierigen Steinmetzen und einem stummen Beter, der sich in der Kirche aufgehalten hatte. Zurück blieb nur der finster dreinschauende Walter, der es für angebracht hielt, in die Bauhütte zu gehen, sein Bündel zu schnüren und die Stadt noch in derselben Stunde zu verlassen.

Das Herz des Baumeisters drohte auszusetzen, als er seine Tochter in der Gewalt des hünenhaften Mönches sah. Verzweifelt wühlte er sich eine Bresche durch die Masse der Menschen und blieb mit flehentlich gefalteten Händen vor Hans und der bedrohten Tochter stehen.

»Mein Klärchen!«

»Vater«, brachte sie röchelnd hervor.

»Was habt Ihr mit ihr vor, Bruder? Lasst sie los, um Himmels willen!«

»Bleibt, wo Ihr seid, Baumeister! Sonst …« Hans packte Klara beim Schopf und riss ihren Kopf weit nach hinten. Sein Messer hatte ihre Haut am Hals geritzt, wo ein blutendes Rinnsal zu erkennen war.

Matthias fasste sich ans Herz. »Was wollt Ihr, Bruder?«

»Flüchten will er«, erklärte ihm eines der Marktweiber aufgebracht. »Mitsamt dem Annahaupt. Und Eure Tochter ist seine Geisel!«

Die Anspannung der Leute wuchs. Inzwischen hielt fast jeder etwas in seinen Händen: Steine, Unrat oder sonstige Dinge, die gerade greifbar waren, um sie dem Mainzer bei der nächsten sich bietenden Gelegenheit an den Kopf zu werfen. Allein die Sorge um Klaras Leben hielt sie davon ab.

»Vater«, keuchte Klara, »er darf nicht aus der Stadt!«

»Halt's Maul, dummes Weib«, zischte Hans ihr zu.

Klara blieb unbeirrt. »Versprecht mir, Leute«, rief sie, so laut sie konnte, »dass ihr diesen Mönch nicht aus der Stadt lasst! Egal, was geschieht!«

Matthias warf Hilfe heischende Blicke um sich. Die verunsicherte Menge machte eine Gasse frei: Am Ort des Geschehens traf eine Handvoll Männer ein. Bürgermeister, Schultheiß und ein paar Ratsherren waren über die Ereignisse informiert worden.

»Im Namen des Rates dieser Stadt, lasst ab von dieser Jungfer!« Der Bürgermeister verlieh seiner Stimme Bedrohlichkeit, wobei sein von Eisflocken durchsetzter Schnauzbart bebte.

»Ihr habt mir nichts zu befehlen«, bellte Hans, »sondern dafür Sorge zu tragen, dass wir die Stadt unbehelligt verlassen können. Im Auftrag des Erzbischofs von Mainz sind wir hier, und Ihr tätet gut daran, nicht seine Unbill zu erwecken!«

»Was es hierzu zu sagen gibt, haben wir bereits gestern dem Gesandten Hurt mitgeteilt.«

»Offenbar habt Ihr ihm jedoch verschwiegen, dass sich die Reliquie tatsächlich in Eurer Stadt befand, herbeigeschafft durch einen Frevler namens Leonhard.«

»Davon war uns nichts bekannt.«

»Nun wisst Ihr es. Wir sind angereist, um den Mainzern ihr Eigentum zurückzuholen. Diese Tölpel jedoch«, er deutete mit dem Kinn in die Menge, »wollen die Reliquie wieder in Beschlag nehmen.«

Der Bürgermeister wechselte einen raschen Blick mit dem Schultheißen. »Dennoch habt Ihr nicht den geringsten Grund, eine Bürgerin dieser Stadt zu bedrohen. Lasst sie los!«

»Den Teufel werde ich tun. Ich verlange freien Abzug. Die Jungfer werden wir laufen lassen, sobald wir die Mauern dieser verdammten Stadt hinter uns gelassen haben!«

Klara wand sich unter seinem Griff. »Nein! Er darf nicht …« Sie verstummte, als Hans eine Hand auf ihren Mund presste.

»Offen gestanden, zweifle ich an Eurer Legitimation«, erklärte der Bürgermeister. »Ihr verhaltet Euch nicht eben wie ein Mann Gottes. Woher habt Ihr diese Kutte?«

»Zweifelt, woran Ihr wollt. Ich besitze einen Pass, ausgestellt durch den Erzbischof von Mainz. Sorgt dafür, dass man uns endlich den Weg frei macht!«

»Ich beabsichtige, diese Angelegenheit zunächst durch den Rat dieser Stadt prüfen zu lassen.«

»Dann will ich es Euch einfach machen, Bürgermeister. Ich zähle nun bis drei. Und wenn ich aufgehört habe zu zählen, erwarte ich einen freien Weg für die Kutsche. Andernfalls beendet diese Jungfer ihr Leben als solche, versteht Ihr?« Er wandte sich flüsternd an den Kutscher. »Auf den Kutschbock mit dir, Knollennase. Jetzt wird's ernst.«

»Was ist mit Hurt?«

»Zum Teufel mit ihm.«

»Aber er trägt die Reliquie bei sich!«

»Er wird schon wissen, wie er sich damit aus dem Staub macht.«

Der Kutscher nickte und schwang sich auf den Bock. Die Pferde schnaubten nervös.

»Eins!«, rief Hans.

Klaras verzweifelte Bemühungen, sich aus seiner Umklammerung zu befreien, waren ebenso hoffnungslos wie der Versuch einer Wühlmaus, einen Ochsen zu Fall zu bringen. Zögerlich kam Bewegung in die murrende Menge.

»Zwei!«

Allmählich begann sich – zur Kölnstraße hin, die zum Kölntor führte – eine schmale Gasse zu bilden. Hans' Mundwinkel umspielte ein triumphierendes Lächeln.

»Du scheinst ihnen etwas wert zu sein«, raunte er Klara zu. »Mal sehen, ob der Inquisitor ihre Begeisterung für dein tapferes Aufbegehren teilen kann.«

Matthias von Pera dirigierte die Leute mit hektischen Gebärden. »Los, macht Platz, Leute!«, schrie er heiser. Unterstützung in seinem Tun erhielt er von dem jungen Novizen Antonius.

»Es muss ein gutes Gefühl sein, einen solch fürsorglichen Vater zu haben, nicht wahr, Täubchen?« Diesmal fehlte der spöttische Unterton in Hans' Stimme. Im nächsten Moment jedoch war er wieder ganz der Alte. »Die Leute warten offenbar darauf, dass ich mit dem Zählen zum Ende komme. Sind gespannt, was dann wohl passieren wird. Nun, wir wollen sie nicht enttäuschen.«

Er straffte sich und bleckte die Zähne. Es wurde still auf dem Marktplatz. Irgendwo jaulte ein Hund in der Kälte.

»Drei!«

Ein dumpfer Schlag.

Ein entgeistertes Ächzen.

Noch ein Schlag.

Klara schloss die Augen. Rufe und Schreie!

Ungläubig wandte sie sich um, aus dem Griff des schrecklichen Mönches plötzlich befreit. Bewusstlos lag Hans zu ihren Füßen. Aus einer Platzwunde an seinem Kopf sickerte helles Blut in den Schnee.

Daneben stand Hurt, schwer atmend, und warf einen Holzknüppel beiseite. »Nun hast du es zu weit getrieben, Hans Fust«, murmelte er. »Unsere Stadt wirst du in Fesseln wiedersehen!«

Die Menge jubelte. Ein paar Weiber stimmten fromme Gesänge an. Matthias von Pera riss seine Tochter an sich und drückte ihren Kopf an seine Brust. »Du dummes Kind«, schluchzte er.

»Verzeihst du mir, Vater?«

»Alles, was du willst.«

Sie reckte sich hoch, um ihn zu küssen, und wandte sich dann Hurt zu. »Danke«, sagte sie und schenkte ihm ein Lächeln. »Habt Ihr die Reliquie?«

»Die habe ich.«

»Wollt Ihr sie mir übergeben?«

»Das kann ich nicht.«

»Werdet Ihr mir sagen, wo sie sich befindet?«

»Ich trage das Annahaupt unter meinem Gewand. Warum wollt Ihr das wissen?« Kaum wahrnehmbar spreizte er seinen Mantel.

Klara lächelte abermals und griff nach der Schatulle. »Gewiss könnt Ihr verstehen, dass ich vollenden muss, was ich begonnen habe.«

»Wenn ich einmal heirate«, flüsterte der Patrizier, »so muss meine Braut eine Frau wie Ihr sein.«

»Gott mit Euch, Herr Hurt.«

»Und mit Euch, Klara.«

Sie übergab die Schatulle dem Bürgermeister, dessen Schnurrbart nun vollends vereist zu sein schien.

»Das Haupt der Anna, Herr Bürgermeister!«

Ehrfurchtsvoll nahm er das Behältnis an und reichte es dem Schultheißen weiter. »Was schlagt Ihr vor?«

»Ich lasse die Reliquie in die Martinskirche bringen und bewachen.«

Der Schultheiß machte sich auf den Weg, eine endlose Prozession jubelnder, betender und singender Menschen folgte ihm.

Hurt räusperte sich. »Gewiss ist Euch klar, dass dies ein Nachspiel haben wird, Herr Bürgermeister.«

»Wir werden sehen, was der Rat entscheidet.«

Klara bückte sich nach dem bewusstlosen Kartäuser und

zog ihm das Messer aus der Hand, mit dem er eben noch ihr Leben bedroht hatte.

»Was machst du?«, fragte der Baumeister beunruhigt.

»Keine Sorge, Vater. Ich habe nur ein paar Fesseln zu lösen.«

Mit dem klopfenden Herzen einer unrettbar Verliebten stieg sie in das Innere der Kutsche.

Epilog

Düren, Anfang April 1506

Ein halbes Dutzend Krähen zeterte auf dem Gesims des Rathauses, doch niemand nahm sie wahr. Alle starrten gebannt auf den edel gewandeten Verkünder mit der Pergamentrolle in seinen Händen.

»Bürger der Stadt«, rief er mit sonorer Stimme, die von den gegenüberliegenden Häuserfassaden widerhallte. »Höret, was der Heilige Vater in Rom beschlossen hat, im Namen des Herrn und aller Heiligen!«

Nichts in seiner Stimme ließ auf den Inhalt seiner Nachricht schließen. Nach einer endlosen Sprechpause, welche die Spannung nur noch steigerte, richtete er seinen unergründbaren Blick auf das Pergament und begann zu lesen:

»Körper und Reliquien von Heiligen sind nach göttlicher Anordnung sehr häufig von einem Ort zum anderen übertragen worden. Der Papst in Rom kann nach seinem Ermessen solche Übertragungen anordnen, wenn er einsieht, dass dieses zu mehr Andacht und Liebe, zur Erbauung der Gläubigen und zur Förderung des religiösen Lebens dient.«

Wieder schwieg der Verkünder. Niemand schien auch nur zu atmen.

Endlich fuhr er fort: »Das Heiligtum wurde nun viele Jahre in der Sankt-Stephans-Kirche in Mainz aufbewahrt, ohne Wunder zu tun, vielleicht, weil es der gebührenden Verehrung ermangelte. Sobald es aber nach Düren gebracht worden war, strömte das Volk massenhaft zu seiner Verehrung herbei. Viele Wunder geschahen, sodass die Reliquie ohne großes Ärgernis aus der Pfarrkirche, in die sie offenbar durch göttliche Fügung übertragen wurde, nicht mehr entfernt werden kann. Da nun solche Reliquien ihrer Natur nach eigentlich niemandes Eigentum sind, so haben Wir, nicht auf Bitten irgendeiner Persönlichkeit, sondern nach Unserer reiflichen Erwägung und im Einvernehmen mit Unserem geliebten Sohne, dem römischen Könige Max, der Uns in dieser Angelegenheit öfters geschrieben, bestimmt, dass alle Prozesse über die Reliquie erloschen sein sollen, dass das Stift von Sankt Stephan niemals mehr über ihre Rückgabe etwas verlauten lassen dürfe, dass Pastor, Kaplan, Schultheiß, Bürgermeister, Rat und die gesamte Bürgerschaft vom Banne und allen kirchlichen Strafen befreit seien, dass das Sankt-Annen-Haupt ewig in Düren verbleiben solle ...«

Als die lauschende Menschenmenge allmählich begriff, wie der Heilige Vater entschieden hatte, wurde es laut auf dem Platz. Das anfängliche Gemurmel löste sich in ein ohrenbetäubendes Jubelgeschrei auf. Männer fielen sich lachend in die Arme, Frauen begannen, hemmungslos zu weinen, Stoßgebete des Dankes wurden gen Himmel geschickt. Man stimmte das Te Deum an. Endlich war es unwiderruflich: Gott stand auf der Seite Dürens!

Leonhard stand da wie in Trance. Die beiden Stadtwächter, Ludger und Wilbert, sowie einige andere griffen den Verwirrten und ließen ihn hochleben. Sie warfen Leonhard in die Luft und fingen ihn unter lautem Gejohle wieder auf.

»Lang lebe Leonhard und seine schöne Frau«, skandierte man ausgelassen.

»Und nun lasst uns einen saufen! Gehen wir in den Stör!«, rief Wilbert und schlang gönnerhaft einen Arm um die Schulter des jungen Steinmetz.

»Nein, bitte lasst mich!« Leonhards Lächeln wirkte gequält; sein Gesicht war von einer fahlen Blässe überzogen.

»Du willst nicht mit uns saufen, Bursche? Du bist der Held der Stadt, verstehst du das denn nicht? Du schuldest uns eine Geschichte.«

»Ihr kennt sie alle, die Geschichte. Unzählige Male schon habe ich sie euch erzählt.«

»Na schön, belassen wir's eben beim Saufen, bis wir vom Schemel kippen. Das Annahaupt bleibt bei uns, Bursche – es wäre fast eine Sünde, das nicht zu feiern!«

Unzählige Stimmen pflichteten ihm bei. Leonhard aber schüttelte bedauernd den Kopf. Felsenfest hatte er sich vorgenommen, sich diesmal nicht in diese Schänke zerren zu lassen. Die Narbe an seiner rechten Schulter hatte zu schmerzen begonnen, und nach Feiern war ihm ohnehin nicht zumute. Eine seltsame Stimmung hatte von ihm Besitz genommen, ein Gefühl von Leichtigkeit und Schwere zugleich. Er sehnte sich nur noch nach Ruhe. Außer Klara und den Kindern hätte er in diesem Augenblick wohl nur noch den guten Bruder Antonius gern in seiner Nähe gehabt, einen guten Freund der Familie. Den Franziskaner aber erspähte er leider nicht in der Menge. Gewiss hatte man den Konvent über den Beschluss des Papstes bereits unterrichtet.

Leonhards Gedanken schweiften – unbeirrt von dem Trubel, der ihn umgab – in die Vergangenheit, aus deren Nebel die Bilder aus der Mainzer Stephanskirche auftauchten.

Der Schlüssel am Gitter der Grabnische. Seine zitternde Hand, die nach ihm greift. Die Büste der Anna. Die Reliquie …

Es ist nicht recht, was du getan hast, Junge!

Die Mutter kam ihm in den Sinn. Sie hatte ihre Schwiegertochter und die beiden Enkelkinder noch kennen und lieben gelernt, bevor sie im letzten Herbst gestorben war. Und vor Weihnachten hatte auch Matthias von Pera das Zeitliche gesegnet, war seiner Klara in die Ewigkeit gefolgt. Der Schwiegervater hatte sich nie bei ihm für die Verbannung entschuldigt, zumindest nicht mit Worten. Aber er hatte ihm doch zunehmend sein Wohlwollen entgegengebracht.

Vater, Mutter, Matthias – sie alle waren nun tot. Aber Klara und die Kinder lebten, gaben seinem Leben den Sinn, den er ohne sie hätte suchen müssen …

»Verdammt, willst du uns alleine feiern lassen?«, holte ihn Wilbert ins Jetzt zurück. »Komm und denk nicht an die Zeche. Helden wie du brauchen nicht zu zahlen. Die Stadt sollte dir und deiner Klara vielmehr ein Denkmal setzen! Und die Herzogin wird euch sicherlich noch den Hintern vergolden.« Er glaubte zu wissen, weshalb der Held so bekümmert wirkte. »Du kannst dir ja einen Ablassbrief kaufen, falls du immer noch denkst, unrecht gehandelt zu haben.«

»Ein Ablassbrief?« Leonhard sah ihn verständnislos an. »Du meinst, ich soll mir Gottes Gnade erkaufen?«

»Warum denn nicht? Tun doch heutzutage alle, die es sich leisten können.«

Kopfschüttelnd löste Leonhard sich aus der Gruppe der Männer, stieß die Hände, die ihn zurückhalten wollten, sanft beiseite, wühlte sich durch jubelnde Menschenmassen und machte sich gedankenschwer auf den Heimweg.

Unterwegs war es ihm, als schwebe das hübsche Gesicht der Anna – umgeben von einem sonderbaren Nebel – vor ihm her. Lächelte sie ihn an oder schaute sie eher missmutig drein?

»Heilige Frau«, flüsterte Leonhard und blieb stehen. »Wisst Ihr noch, wie Ihr mir im Traum begegnet seid? Damals wart Ihr nicht bereit, mir zu sagen, ob ich Gottes Werkzeug bin. Seid Ihr es jetzt? Sagt mir, habe ich recht getan?«

Fortan werde ich schweigen, hatte sie in seinem Traum gesagt. Auch jetzt schwieg sie. Vergeblich wartete Leonhard auf ihre Antwort.

Zu diesem Buch

Was für ein Coup! In der Mainzer Sankt-Stephans-Kirche stiehlt ein junger Steinmetz namens Leonhard anno 1500 eine Reliquie und bringt sie nach Düren. Die Mainzer toben, verlangen das Annahaupt zurück. Die Dürener weigern sich. Der Streit zieht sich über Jahre hinweg, beschäftigt schließlich sogar den Vatikan. Es kommt zum größten Sensationsprozess der damaligen Zeit. Und am Ende die Überraschung: Das Haupt der Anna darf in Düren bleiben. Papst Julius II. hat gesprochen!

Die Beweggründe des Diebes? Im Auftrag des Himmels habe Leonhard gehandelt, behaupten die Dürener. Ein hundsgemeiner Frevler sei er, schimpfen die Mainzer. Der Roman bietet einen dichterischen Erklärungsversuch. Die Liebesgeschichte ist frei erfunden – was immerhin nicht ausschließt, dass es sich so oder ähnlich abgespielt haben könnte.

Der Kartäuser Hans und der Patrizier Hurt (andere Quellen nennen andere Namen) sind nicht die Letzten, die im Januar 1501 nach Düren reisen. Einen gewissen Jodocus Faber, der im September 1502 mit einem Mainzer Mandat erscheint, setzen die Dürener vorübergehend sogar gefangen – »bezeichnend für die Rechtsanschauungen dieser Zeit«, formuliert es August Schoop in seiner *»Geschichte der Stadt Düren bis zum Jahre 1544«*.

Herzog Wilhelm von Jülich, die Erzbischöfe von Köln und Mainz sowie der römisch-deutsche König Maximilian sind in die Angelegenheit verstrickt. Fordert der König die Dürener zu Beginn noch zur Rückgabe der Reliquie auf, so wechselt er hinterher die Fronten – wahrscheinlich, um dem Jülicher, dem er seit dem geldrischen Krieg (1499) politischen Dank schuldet, gefällig zu sein. Erst am 18. März 1506 fällt der Papst eine endgültige Entscheidung.

Der im Prolog erwähnte Pfarrer Hildebrand von Weworden, Pfarrer zu Sankt Martin, hat maßgeblichen Anteil, dass das Annahaupt schließlich in Düren bleibt. Mehrfach reist er selbst nach Rom, um die Interessen seiner Stadt vor dem Heiligen Stuhl durchzusetzen. Seine Beharrlichkeit ist erfolgreich. Nach der Entscheidung des Papstes lässt man angesichts der zunehmenden Pilgerströme die Martinskirche abermals umbauen: Aus Sankt Martin wird Sankt Anna.

Das weitere Schicksal von Leonhard bleibt im Dunkeln. Er scheint noch eine Weile – verehrt von der Bürgerschaft – in Düren gelebt zu haben, werfen doch die Mainzer den Dürenern vor, dass sie den Dieb in Ehren halten. Übrigens weisen die Mainzer ein Geldangebot, das ihnen die Dürener noch vor der päpstlichen Urteilsverkündung für das Annahaupt unterbreiten, empört zurück.

Dechant Fust hat den Diebstahl der Reliquie nicht lange überlebt. Quellen geben den 19. Februar 1501 als sein Todesdatum an. Der Raub der Reliquie dürfte dem alten Mann sehr nahegegangen sein. Ob das bei allen Mainzern der Fall gewesen ist, bleibt zweifelhaft. In einem Artikel, der sich mit dem Diebstahl beschäftigt, schreibt Fritz Viktor Arens: »Ich finde es geradezu typisch für Mainz, dass seine Geistlichen oder sonstigen Einwohner aus dem Reliquienschatz ihrer Kirchen nicht mehr gemacht haben. Man kann dies als Gleichgültigkeit gegenüber geistlichen oder geistigen Dingen deuten, die man bei den eingesessenen Mainzern noch heute sehr häufig findet. (…) Tatsache ist, dass alle Reliquien von bedeutenden Mainzer Heiligen … heute verloren sind.«

Frömmigkeit hin, Achtlosigkeit her: Seit nunmehr 500 Jahren befindet sich das Haupt der Anna heute in Düren, was die Stadt mit großen Jubiläumsfeiern würdigt. Was würde wohl Anna selbst dazu sagen?

Besonders danke ich meinem Freund Stephan Scheidt für seine Recherchen bezüglich der Annahaupt-Geschichte. Historische Un- oder Halbwahrheiten sind jedoch allein mir anzukreiden. Meinen treuen TestleserInnen Kinga Scheidt, Maria und Bernd Virnich, Arne Hoffmann sowie natürlich Dieter Hermann Schmitz sei an dieser Stelle ebenfalls herzlichst gedankt. Fast schon überflüssig, da selbstverständlich, ist der Hinweis, dass Ähnlichkeiten zwischen den agierenden Personen und solchen, die heute leben, reiner Zufall wären.

Günter Krieger